이 사랑은 처음이라서

테마소설
1990
플레이리스트

조 우 리
조 시 현
차 현 지
허 희 정
이 수 진
이 승 은
송 지 현

이 처
　 　음
사 　 이라서
랑
은

다산
책방

추천사

계피(가을방학)

지나온 어떤 시기는 그 시기에 사랑했던 음악으로 온통 채색되어 있다. 전학 가는 친구와 어깨동무하고 S.E.S.를 목청껏 불렀고, 쓰린 고3 때는 옥상으로 가는 계단참에 쭈그리고 앉아 자우림을 흥얼거렸다. 자우림의 위풍당당함과 어두운 색조가 섞인 생기발랄함은 잊을 수가 없다. 폭풍 첫사랑이 끝나고 온 세상에 혼자 남겨진 것 같을 때 들었던 이소라는 또 어떤가. 그 달콤하고 비통한 저음이 얼마나 마음 구석구석에 스며들었던가.

그렇게 90년대 음악이 나의 10대를 규정하고 있기에 이 책을 접했을 때 더 반가웠다. 아무래도 그때 들었던 음악은 지금 듣는 음악과는 다른 의미로 특별하다. 이 소설집의 작가들에게도 그랬던 것 같다. 특별한 시기의 음악과 특별한 시기의 기억이 만나 하나의 새로운 이야기로 완성되어 있다. 초등학교 때 친구의 마음에 들기 위해 팬인 척했다가 정말 좋아하게 되어버린 아이돌, 젊음의 한가운데에서 깊게 마음을 앓으며 허우적거릴 때 만났던 연인들, 힘겨운 취업과 자기처럼 자리 잡을 곳 없는 사람들에 대한 이야기가 가사와 함께 절묘하게 어우러진다. 이 책을 읽으며 내내 멜로디를 흥얼거렸다. 내 노래도 언젠가는 이렇게 다채로운 이야기들의 모티브가 되면 좋겠다.

이 사랑은 처음이라서

조우리

2011년 제10회 대산대학문학상을 수상하며 작품 활동을 시작했다. 경장편소설 『라스트 러브』와 소설집 『내 여자친구와 여자 친구들』이 있다.

넌 왠지 달랐었지
느낌이 예전부터
알고 지낸 친구처럼
그렇게 너는 내게
해맑은 웃음만을 주는
또 하나의 나

S.E.S., 'I'm Your Girl'

사랑에 빠진 사람의 눈빛은 어쩜 저렇게 티가 날까. 주영은 감탄했다. 감탄하면서 현정을 바라보았다. 20년 만이었다. 그런데도 단번에 현정을 알아볼 수 있었다. 넌 그대로구나, 여전하구나. 살면서 가끔씩 현정을 떠올릴 때마다 그려보던 모습 그대로, 마치 주영의 머릿속에서 나온 것 같은 모습으로 현정이 눈앞에 있었다.

"선생님!"

민아가 달려와 주영의 팔짱을 꼈다. 주영은 토요일마다 구립도서관에서 초등학생을 대상으로 글쓰기 강좌를 진행했다. 민아는 주영이 가르치는 아이들 중에서 가장 영민한 아이였다. 특히 스스로의 감정을 똑바로 바라보고 숨김없이 쓰는 재능이 있었다. 민아가 쓴 글을 읽고 있으면 친구와 다툰 뒤에 친구가 먼저 화해를 청해 오길 바라는 마음이, 가족들이 모두 외출한 빈집에서 이유 모를 눈물이 나는 순간이, 낮잠을 자고 일어난 토요일 오후의 기분이 생생하게 와닿았다.

그런 민아가 얼마 전부터 사랑에 빠진 사람만이 쓸 수 있는 글들을 쓰기 시작했는데, 그 사랑의 대상이 바로 '밀크드림'이었다. 밀크드림의 노래 가사를 변용한 문장들이 많았다. 주영이 그 문장들을 알아보자 민아는 무척이나 반가워했다.

"선생님도 밀크드림 좋아하세요?"

그렇게 묻는 민아의 눈에 떠오른 빛을 주영은 알아볼 수 있었다. 똑같은 눈으로 똑같은 질문을 했던 사람이 있었으니까.

"안 오실 줄 알았어요."

"오기로 약속했잖아."

"약속하고 안 지키는 사람도 많잖아요."

그 말에 주영은 심장이 내려앉는 것 같았다. 민아의 동 그란 머리를 내려다보며 안쓰러운 마음이 들기도 했지만 그보다 자신이 그동안 지키지 않았던 무수한 약속들이 떠올랐기 때문이었다. 그 약속들 중에는 현정과 했던 약속도 있었다.

"얼른 가요! 늦겠어요!"

민아가 주영을 사람들이 모여 있는 곳, 현정이 있는 곳으로 이끌었다. 연예기획사 MD엔터테인먼트의 사옥 앞이었다. 수십 명의 사람들이 검은 마스크를 쓴 채 피켓을 들고 모여 있었다. 그들은 모두 아이돌 그룹 밀크드림의 팬이었다.

밀크드림이 '밀레니엄 크리티컬 드림팀'의 약자라는 걸 알려준 사람이 현정이었다. 주영은 그 사실이 얼마나 충격적이었던지 자신의 첫 번째 유서에도 적었다. '나의 유서 쓰기'는 주영의 초등학교 5학년 겨울방학 숙제였다. 1999년. 바야흐로 세기말이었고, 어린이들에게도 '끝'에 대한 현실적인 상상력이 필요한 시절이었다. 하지만 아무리 시절이 그러하더라도 우윳빛 원피스를 입고 첫사랑의 순애보를 노래하는 4인조 여성 아이돌 그룹에게 새천년을 뒤흔들겠다는 강렬한 야망이 숨겨져 있을 줄은 꿈에도 몰랐다.

그리고 2020년의 초등학생이 밀크드림의 팬이 될 수 있다는 것도, 정말, 몰랐다. 20세기에 해체한 아이돌 그룹이 21세기의 유튜브 알고리즘에서 부활해 현역 시절보다 더 큰 인기를 얻게 되리라는 걸 누가 상상할 수 있었을까. 게다가 폭발적인 동영상 조회수와 댓글 반응으로 그룹의 재결합을 이끈 21세기의 팬들이 소속사의 부당한 처우에 항의하기 위해 20세기의 방식으로 소속사 사옥 앞에서 침묵시위를 하게 될 줄은. 무엇보다도 그 자리에 주영 자신이 있을 거라는 걸 1999년의 주영은 알지 못했다.

"밀크드림 좋아해?"

주영은 고개를 끄덕였다. 아마 어떤 질문이었더라도 고개를 끄덕였을 것이다. 초콜릿 좋아해? 수학 좋아해? 혹은 다른 무엇이었더라도. 전학 첫날이었다. 짝이 된 아이가 건넨 질문엔 무조건 긍정의 신호를 보내고 싶었다. 잘보이고 싶었다. 초등학교 입학 후 벌써 세 번째 전학이었다. 주영도 요령이 생겼다. 이미 그 안에 관계와 역할이 형성되어 있는 아이들의 무리에 끼는 건 쉽지 않은 일이었다. 그냥 딱 한 명, 주영에게 호감을 느끼고 먼저 다가와줄 한 명만 있었으면 했다. 손을 내밀어주기만 한다면 그 손을 놓지 않을 자신이 있었다.

현정은 자신이 직접 만든 필통이라며 직사각형 상자를 보여주었다. 아까워서 책상 위에 꺼내두지도 않고 책상 서랍에 넣어둔다고 했다. 두꺼운 종이 위에 잡지를 오려 붙인 다음 투명한 비닐로 감싼 것이었다. 잡지에서 오려낸 건 당연하게도 밀크드림 멤버들의 모습이었다.

"짱이지?"

주영은 이번에도 열심히 고개를 끄덕였다. 그 모습이 마음에 들었는지 현정은 학교 앞 문방구에서 산 밀크드림의 인화 사진들과 캐리커처 스티커도 보여주었다.

"넌 누구 좋아해? 내가 특별히 하나 줄게."

멤버들의 이름을 알기는커녕 밀크드림의 멤버 네 명을 구분하지도 못했던 주영은 같은 포즈의 사진이 여럿 있는 멤버를 손가락으로 가리켰다. 비슷한 사진들이니 그중 하나를 달라고 해도 괜찮지 않을까 생각했던 것이다. 비슷한 사진들인데도 다 가지고 있는 건 현정이 가장 좋아하는 멤버이기 때문이라는 것도 모르고.

"너도 미미 언니 팬이구나! 보는 눈이 있네!"

현정은 주영에게 사진을 주는 대신 가방에서 노트를 하나 꺼냈다. 새 노트였다. 겉장에 미미의 캐리커처 스티커를 두 개 붙였다. 그 노트는 현정과 주영의 교환일기장이 되었다.

주영은 밀크드림에 대해 열심히 공부했다. 먼저 밀크드림의 카세트테이프를 샀다. 1집과 1.5집, 2집이 있었다. 매일 반복해서 들으며 노래 가사를 외웠다. 밀크드림의 인터뷰가 실린 잡지들을 구했고, 밀크드림의 전화 사서함을 들었다. 그러는 사이 팬들의 문화에도 익숙해져서 현정과 더 풍성한 이야기를 하려면 밀크드림에서 가장 좋아하는 멤버가 겹치지 않는 편이 낫다는 것도 알았다. 현정이 좋아하는 멤버인 미미는 밀크드림의 리더이자 메인 보컬이었다. 주영은 미미와 데뷔 전부터 친구인 래퍼 수를 좋아하기로 했다. 가요 프로그램이 방송된 다음 날이면 일부러 수에 대해 찬양하듯 이야기했다.

"무대에 수 언니밖에 안 보이더라. 진짜 카리스마 짱."

"미미 언니는 완전 천사였거든. 빛이 났거든."

발끈한 현정과 누가 더 최고인가 아웅다웅하다가 어쨌

든 밀크드림이 최고라는 결론을 내곤 함께 웃었다.

주영이 전학을 하고 얼마 되지 않아 여름방학이 시작되었다. 다행히 현정과 주영은 같은 아파트에 살았다. 매일 아침 단지 내 놀이터에서 만났다. 그네와 철봉, 정글짐만 있는 낡은 놀이터였다. 다른 아이들은 근처의 새로 생긴 공원 놀이터에 다녔다. 주영과 현정만이 찾는 듯한 그 놀이터에서 하루씩 번갈아 가져갔던 교환일기장을 건네고 건네받았다. 나란히 그네에 앉아 아무 얘기나 하다가 점심 때가 되면 각자의 집으로 돌아갔다. 현정에게는 고등학생인 오빠가 한 명 있었는데, 맞벌이를 하는 부모님 대신 오빠의 밥상을 차려주어야 했다.

"진짜 싫어. 열라 싫어. 미친 새끼."

욕을 하면서도 현정은 쌀을 씻으러, 계란프라이를 부치러, 된장국을 데우러 가곤 했다. 주영이 외동이어서 부럽다고 했다. 주영은 늘 형제자매가 있는 아이들을 부러워했다. 부모에게서 쏟아지는 무거운 감정을 나눠 받을 존재가 필요했다. 하지만 현정에게 그런 이야기는 하지 않았다.

점심을 먹고 나면 주영은 수영 강습을 받으러 가고 현정은 피아노 학원에 갔다. 해가 지기 전에 놀이터에서 다시 만날 때도 있었다. 먼저 도착한 쪽이 정글짐 어딘가에 쪽지를 숨겨놓았다. 칠이 벗겨져 녹슨 쇠기둥을 잡고 손에서 비릿한 냄새가 날 때까지 정글짐 안쪽을 돌아다니다 보면 스티커로 붙여놓은 쪽지를 찾을 수 있었다. 스티커는 별이거나 하트이거나 스마일이었다. 쪽지 안에는 별다른 내용이 없었다.

'안녕? 나야. 안녕!'

'뭐 해? 심심해. 얼른 와.'

'바보. 바보. 바보. 아니야. 바보 아니야.'

그런 짧은 쪽지들을 보물이라도 찾은 것처럼 주머니에 소중하게 챙겨 넣었다. 시간이 지나 그 시절을 생각할 때면 덜 마른 머리카락이 뺨에 달라붙던 감촉과 느리게 기울던 여름날의 저녁 해, 코 안쪽이 싸하던 쇠 냄새가 떠올랐다. 현정의 휴대용 카세트테이프 플레이어에서 흘러나오던 밀크드림의 노래와 함께.

MD엔터테인먼트 사옥 앞에 모인 팬들은 스무 명 정도였다. 한여름에 검은 옷을 입고 검은 마스크를 쓴 채 줄을 맞춰 앉아 있었다. 한쪽에서는 몇몇 사람들이 간이 테이블을 놓고 다른 참가자들에게 생수를 나눠 주었다. 그 사람들 중에 현정이 있었다. 민아가 그곳에 가서 참석 명단에 서명을 해야 한다고 했다. 미성년자인 민아의 보호자로서 주영도 서명을 해야 했다.

─선생님, 부탁이 있어요.

민아에게서 문자메시지가 온 건 지난밤이었다. 주영은 강습생들과 개인적인 연락을 주고받지 않는 걸 철칙으로 여겼지만 그 메시지에는 답장을 하지 않을 수가 없었다. 민아가 또래 아이들로부터 따돌림을 당하고 있다는 걸 알고 있었기 때문이었다. 민아는 자신을 괴롭히는 아이들을 악몽을 꾸게 하는 유령으로 빗대어 글을 쓴 적이 있었다. 침대를 차갑고 끈적이는 늪처럼 만들고, 바위처럼 무거운 이불을 덮게 해서 악몽을 꾸게 한 다음 그 악몽 속까지 따라와 밤새도록 괴롭히는 유령들. 주영은 민아의 부탁이 그와 관련된 것이리라고 생각했다.

─무슨 부탁인데?

─꼭 들어주신다고 약속해주세요.

─그래, 약속할게.

민아의 답장은 한참 뒤에 도착했다. 그동안 주영은 여러 생각을 하느라 손톱을 물어뜯었다. 너무 망설임 없이 약속하겠다고 한 게 아닐까. 그게 가벼워 보였던 게 아닐까. 그래서 믿을 수 없어진 게 아닐까. 민아가 연락할 만한 다른 사람이 있을까. 그 사람은 믿을 만한 사람일까. 혹시 잘못된 신호로 받아들이는 사람이면 어떡하지.

초조함에 다시 한번 민아에게 메시지를 보내려고 할 때 답장이 도착했다.

—내일 저랑 여기 같이 가주세요. 보호자가 필요해요.

이미지 파일이 함께 왔다. 'MD엔터테인먼트에 항의하는 밀크드림 팬들의 침묵시위'라는 제목의 홍보 포스터였다. '미성년자는 보호자 동반 시에만 참가 가능합니다.' 붉은색 안내문이 눈에 들어왔다.

주영은 현정이 이 시위를 주최한 사람 중 한 명이라면, 그 안내문은 분명 현정이 붙였을 거라고 생각했다. 일부러 정자로 서명을 하면서 현정이 자신을 알아본다면 어떻게 반응해야 할지 고민했다. 너무 반가워하는 건 적절하지 않은 것 같았다. 주변의 분위기가 몹시 비장했다. 일단 연락처를 교환해야겠다고 생각했다. 그리고 다음에 만날 약속을 잡고…… 하지만 주영과 민아가 서명을 마치고 방석과 생수를 건네받는 동안 현정은 무심하게 자기 할 일을 할 뿐이었다. 주영과 두어 번 눈이 마주쳤지만, 주영을 알아보지 못하는 것 같았다.

"저쪽에 가서 앉으시면 돼요. 너무 덥거나 힘들면 무리하지 마시고요."

주영은 민아와 함께 줄의 끝에 앉았다. 민아가 가방에서 직접 만든 피켓을 꺼냈다. 'MD엔터테인먼트는 소속 가수에 대한 착취를 멈춰라. 밀크드림 멤버들이 원하는 자유로운 활동을 보장하라.'

여름방학이 끝나갈 무렵, 주영과 현정의 교환일기장은 'M'에 대한 분노와 저주로 가득 찼다. 밀크드림의 소속사 사장인 문명원을 뜻하는 약자였다. 현정은 그가 도무지 제대로 하는 일이 없다며 비난했다.

"언니들을 구해야 해."

"어떻게?"

"방법을 찾아봐야지."

그렇게 말하는 현정의 얼굴은 결연했다. 그때 밀크드림은 남자 아이돌 그룹인 '브라이트'의 팬들에게서 공격을 당하고 있었다. 해운대 해수욕장에서 진행된 가요 프로그램의 여름특집 공개방송 때문이었다. 밀크드림은 파란 세일러 칼라가 달린 아이보리색 블라우스에 같은 아이보리색 플리츠스커트를 입고 있었는데 공교롭게도 브라이트의 무대의상과 디자인이 비슷했다. 여름 해변가에서 세일러 디자인의 의상을 입는 건 흔한 일이었는데, 문제는 진행자의 경솔한 발언이었다. 평소에도 무례한 발언으로 아이돌 팬들 사이에서 불만이 많이 나왔던 남자 진행자가 밀크드림의 미미와 브라이트의 한 멤버가 똑같은 디자인의 베레모를 쓴 것을 놓치지 않고 '커플룩처럼 잘 어울린다. 혹시 비밀 연애라도 하는 것 아니냐'라고 말해버린 것이다.

객석에서는 당연히 야유가 터져 나왔다. 방송 진행이 불가능할 정도였다. 진행자는 뒤늦게 상황을 파악하고 사과했다. 평소처럼 방송국에서 진행된 녹화라면 이쯤에서 마무리가 되었을 텐데 하필이면 야외무대에서의 공개방송이었던 것이 문제였다. 브라이트의 한 팬이 무대 뒤쪽에서 눈물을 흘리는 미미와 미미를 달래는 브라이트의 멤버를 보았다고 말했다. 브라이트의 팬들이 해수욕장을 빠져나가는 밀크드림 멤버들의 차량을 둘러쌌다. 밀크드림의 팬들은 브라이트의 팬들을 밀어내며 길을 트려고 했고 몸싸움 끝에 브라이트의 팬 세 사람과 밀크드림의 팬 두 사람이 뒤엉켜 넘어지며 부상을 입었다. 그 소식은 뉴스에 '무분별한 사랑이 초래한 어이없는 사고'라는 헤드라인으로 보도되었다.

뉴스가 나가고 난 뒤, 밀크드림 멤버들이 함께 생활하는 숙소에 매일 정체불명의 소포들이 배달되기 시작했다. 갈기갈기 찢긴 멤버들의 사진에는 피를 연상시키는 붉은 액체가 뿌려져 있었고, 상한 음식과 살아 있는 벌레들이 팬들이 보낸 선물인 양 하트 모양 상자에 담겨 있었다. 밀크드림이 가요 프로그램 무대에 오르면 팬들의 응원 소리보다 욕설이 더 크게 들렸다. 브라이트는 남자 아이돌 중 가장 인기가 높았다. 발표하는 노래마다 순위 프로그램에서 1위를 하는 건 물론이고 5주 연속 1위를 해서 더 이상 1위 후보에 오르지 못하게 되었는데도 엔딩 무대를 장식했다. 그에 비해 밀크드림은 10위권에도 겨우 들었다. 팬들의 수도 크게 차이가 났다. 방송국 주차장에서 밀크드림의 팬들이 브라이트의 팬들에게 집단 구타를 당하기도 했다. 그 모든 일들이 밀크드림 팬들의 전화 사서함을 통해 퍼져나갔다.

사서함 센터에 전화를 건 다음 개인 사서함 번호를 누르면 사서함 주인이 녹음해놓은 메시지를 듣거나 메시지를 남길 수 있었다. 주영과 현정도 사서함 번호를 갖고 있었다. 매일 만나고 교환일기까지 쓰는데도 또 전하고 싶은 말이 생겼다. 그런 말들은 불쑥 찾아오는 것이어서 글로 쓰거나 다음 날까지 담아둘 수가 없었다. 부모님 몰래 현관문을 열고 나와 아파트 단지 입구에 있는 공중전화 부스까지 달렸다. 주머니 속에서 동전들이 짤랑짤랑 부딪쳤다.

"너무 억울해. 나 진짜 억울해. 그런데 내 말은 들어주지도 않아."

"진짜 싫어. 죽어버렸으면 좋겠어."

"절대로 잊지 않을 거야. 영원히 기억할 거야."

그런 말들은 공중전화 부스 안에서만 울렸다. 메시지 녹음은 1번, 취소는 2번, 안내 멘트가 나오면 꼭 2번을 눌렀다.

"내일 나 용돈 받는데, 떡볶이 먹으러 갈까?"

"오늘 꿈에 밀크드림 나오면 좋겠다. 언니들이랑 놀이동산 가는 꿈을 꾸고 싶어."

"우리 영원히 밀크드림 팬 하자. 그렇게 약속하자."

울음기가 채 가시지 않은 목소리로 녹음한 말들이 사실 어떤 뜻인지, 서로는 알고 있다고 생각했다. 그렇다고 주영은 믿었다. 현정도 그럴 거라고.

그래서 현정의 사서함에 다른 사람도 메시지를 남긴다는 걸 알았을 때, 주영은 심한 배신감을 느꼈다. 주영은 다른 누구에게도 사서함 번호를 알려준 적이 없었다. 현정 말고는 다른 사람의 사서함에 메시지를 남긴 적도 없었다. 그런데 현정은 아니었다. 주영은 자신의 사서함을 폐쇄했다. 그리고 그 사실을 현정에게 말하지 않았다. 어느 날 주영의 사서함 번호를 누른 현정이 그 번호가 없는 번호라는 안내 멘트를 듣고 당황하기를 바랐다. 하지만 그런 일은 일어나지 않았다. 일어나지 않았을 것이라고 주영은 생각한다. 주영과 현정은 여름방학이 끝나기 전에 서로에게 절교를 선언했다.

—선생님, 뒤 좀 보세요.

민아의 메시지에 뒤를 돌아보니 시위에 참가한 인원이 한참 늘어나 있었다. 이제 다 합치면 100명은 될 것 같았다. 이렇게 많은 사람들이 숨소리조차 크게 내지 않고, 땀을 흘리며, 가만히 앉아 있다니. 같은 마음으로. 주영은 그들 중 앳된 얼굴의 몇에게 특히 더 눈길이 갔다. 저 아이들에게 지금 이 순간이 나중엔 어떻게 기억될까.

—이렇게 앉아 있기만 하면 되는 거니?

—해가 질 때까지만 앉아 있을 수 있다고 했어요. 해산하기 전에 우리가 요구하는 내용을 다 같이 외칠 거래요.

—배고프진 않니?

—아침 많이 먹고 왔어요.

민아가 가방에서 초콜릿을 꺼내 주영에게 건넨다. 그리고 반대쪽 옆자리에 앉은 누군가에게도 초콜릿을 나눠 주었다. 그에게서는 종이팩에 든 초코우유가 돌아왔다.

—우리 팬들 다들 너무 좋은 사람들이죠?

—그러네.

—저는 밀크드림도 좋지만 밀크드림 팬들도 좋아요.

주영은 메시지를 여러 번 썼다 지웠다. 뭐라고 말을 꺼내면 좋을까. 여기 있는 사람들 말고 다른 사람들, 다른 친구들은 좋은 사람이 없는지. 그래서 힘든지. 그래도 괜찮은지. 괜찮지 않지만 어쩔 수 없는지. 그런 걸 물어도 될까?

—민아야. 하나만 물어봐도 될까? 대답하기 싫으면 하

지 않아도 돼. 듣고 싶지 않으면 묻지 말라고 해도 돼.

　　―괜찮아요.

　괜찮다는 말을 들으니 더욱 망설여졌다. 주영은 친구들하고, 라고 썼다가 지웠다.

　　―주변에 아이들하고 좋지 않은 것 같아서…… 괜찮니?

　민아가 하하 웃는 개구리 이모티콘을 보냈다.

　　―부산에 사는 친구가 있거든요. 동갑이에요. 밀크드림 팬이어서 알게 됐어요. 그 친구도 여기 오고 싶어 했는데, 서울이 멀기도 하고 같이 가달라고 할 보호자도 없다고 해서. 제가 걔 몫까지 잘하고 오기로 했거든요. 이거 피켓에 쓸 말도 같이 정했거든요. 그래서 꼭 왔어야 했어요. 선생님 같이 와주셔서 감사해요. 걔도 너무 감사하대요.

　민아가 주영에게 자신의 휴대폰을 보여주었다. 꾸벅 허리를 숙여 인사하는 개구리 이모티콘이 보였다. 민아의 친구가 보낸 것이었다.

　　―이 친구가 있어서 괜찮아요.

　주영은 딱 한 사람만 있으면 모든 게 괜찮아지는 마음에 대해 알고 있었다. 그래서 민아가 정말 괜찮다는 걸 믿었다. 그리고 민아의 마음이 오래 지켜지기를 빌었다.

시간이 흐를수록 침묵시위에 참가하는 팬들이 늘어났다. MD엔터테인먼트 사옥 정문 앞에서 시작된 줄이 건물을 한 바퀴 돌아 다시 정문까지 이어지는 거대한 고리가 되었다. 회사 직원들이 몰래 인원을 세기도 했다.

"잠시 후부터 MD엔터테인먼트에 밀크드림 팬들의 요구사항을 전달하도록 하겠습니다."

팬들 사이를 오가며 외치는 현정의 목소리에 주영은 그날을 떠올렸다. 현정의 모습이 꼭 '인천언니' 같다고 생각했다.

인천언니는 밀크드림의 팬클럽 인천 지역장이었다. 밀크드림의 데뷔 무대부터 '현장'을 뛰었던 덕에 밀크드림 멤버들이 얼굴도 알고 이름도 불러준다고 했다. 인천언니의 사서함에는 밀크드림과 팬들이 브라이트의 팬들에게 어떤 수모를 당하고 있는지가 매일 등록됐다. 주영과 현정은 공중전화 부스에서 머리를 맞댄 채 수화기 너머로 들려오는 인천언니의 생생한 현장 중계를 들었다. 차에서 내리는 밀크드림 멤버에게 브라이트의 팬이 계란을 던졌다는 비보와 다행히 매니저가 몸을 날려 그 계란을 대신 맞았다는 이야기 끝에 인천언니가 비장하게 덧붙였다.

"더 이상은 참을 수 없습니다. 이번 주 일요일 아침 9시, 미래기획 앞으로 모입시다. 우리의 뜻을 보여줍시다."

미래기획은 MD엔터테인먼트의 당시 이름으로, 압구정의 빌딩 한 층을 사무실로 쓰고 있었다. 주영은 현정의 눈치를 살폈다. 일요일엔 교회를 가야 했다. 하지만 밀크드림이 이런 엄청난 위기에 빠졌는데 찬송가만 부르고 있어도 될까. 그때는 주영도 현정만큼은 아니어도 밀크드림의 팬이 되어 있었다.

"너도 갈 거지?"

현정이 속삭였다. 주영은 고개를 끄덕였다. 그러자 현정이 뜻밖의 행동을 했다. 수화기를 내려놓는 대신 1번을 누른 것이다. 현정은 인천언니의 사서함에 메시지를 남겼다.

"저 현정이에요. 언니, 저도 꼭 갈게요. 그날 만나요."

너 뭐야? 지금 뭐 하는 거야? 주영은 그 자리에서 현정에게 따져 묻진 못했다. 그저 굳은 얼굴로, 차가운 목소리로, 현정이 자신의 상태를 알아주기를 바랄 뿐이었다. 하지만 현정은 일요일 아침에 아파트 단지 입구에서 만나자는 말만 하고는 집으로 가버렸다. 그날 밤 주영은 가족들이 잠든 사이 공중전화 부스로 나와서 자신의 사서함을 폐쇄해버렸다. 확인하지 않은 메시지가 한 건 있었지만, 그건 당연하게도 현정의 메시지였다. 그 내용이 너무나 궁금했지만 그걸 확인하는 건 자존심이 상하는 일이라고 생각하며, 메시지를 확인하지 않은 채로 폐쇄를 확정하는 버튼을 눌렀다.

주영과 현정이 살던 자양동에서 압구정까지는 한 번에 가는 버스가 있었다. 영동대교를 건너며 주영은 혼자서 한강을 건너는 게 처음이라는 걸 깨달았다. 옆자리에 현정이 앉아 있었지만, 주영은 그 순간 자신이 혼자라는 걸 알 수 있었다. 온전히 자신의 선택과 의지로 움직이고 있었다. 사실은 가고 싶지 않은 마음마저도 이겨내면서.

"소속사는 소속 가수의 안전을 보장하라!"

"밀크드림 사랑해! 밀크드림 영원해!"

"경찰 수사를 의뢰하고 고소 고발을 진행하라!"

"밀크드림 사랑해! 밀크드림 영원해!"

미래기획 사무실 앞에는 벌써 많은 팬들이 모여 있었다. 밀크드림의 팬클럽을 상징하는 초코우유색 풍선과 손수건이 보였다. 머리에 띠를 두른 사람도 있었고, 장대 같은 걸 들고 있는 사람도 있었다. 뉴스에서 보던 '데모' 같았다.

주영은 겁이 났다. 주영의 부모는 데모하는 사람들을 보면 혀를 차곤 했다.

"우리도 가자!"

현정이 주영의 손을 잡았다. 주영은 그 손을 뿌리쳤다. 현정은 당황한 얼굴로 주영과 사람들을 번갈아 보다가 곧 사람들을 향해 달려갔다. 주영을 세워둔 채로, 혼자 달려가 버렸다. 주영은 주춤주춤 현정의 뒤를 따라 걸었다. 걸어가면서 현정이 누군가와 반갑게 인사를 하는 것을 보았다. 한 손에 확성기를 들고 다른 한 손에는 피켓을 들고 있었다. 피켓에는 '악덕사장 문명원은 소속가수 지켜내라! 밀크드림 공식 팬클럽 밀크초콜릿 인천지역 팬 일동'이라고 적혀 있었다. 인천언니였다. 현정과 인천언니가 얼굴까지 아는 사이라니. 당장 돌아서서 혼자 집으로 가고 싶기도 했지만 현정과 인천언니가 있는 곳으로 가서 함께 밀크드림 멤버들의 이름을 외치고 싶은 마음도 있다는 것이, 주영을 슬프게 했다.

"하나. MD엔터테인먼트는 소속 연예인 관련 행사에 밀크드림과 밀크드림의 팬들을 동원하는 것을 멈추십시오."

"하나. MD엔터테인먼트는 밀크드림 멤버들의 의견을 존중하고 멤버들이 원하는 활동을 적극적으로 지원하십시오."

선창을 따라 팬들이 목소리를 하나로 모았다. 소리 높여 외치는 것이 아니라 저마다 말하듯이 내뱉은 것인데도 모이니 거대한 울림이 되었다. 그 소리에 지나가던 행인들이 멈춰 섰다. 차를 타고 가던 사람들도 창문을 내리고 무슨 일인지 살폈다. 민아가 주영에게 속삭였다.

"선생님, 저 지금 너무 신기해요. 너무 떨리고 너무 좋아요."

주영도 고개를 끄덕였다. 같은 말을 하는 사람들과 모여 있다는 건 신기하고, 벅찬 일이었다. 지금이라면, 현정에게 다가가 인사를 할 수 있을 것 같았다. 나야, 주영이야. 기억해? 그렇게 물을 수 있을 것 같았다. 미안해, 약속 못 지켜서. 정말 미안했어. 그런 말도 할 수 있을 것 같았다.

그때 멀리서 점점 가까워지는 사이렌 소리가 들렸다. 경찰차였다. 현정과 몇 사람이 다가갔다.

"미성년자가 집회에 동원되었다는 신고가 들어와서 확인하러 왔습니다."

민아가 주영의 팔을 꽉 붙들었다.

"하여간 문제야, 문제. 너무 나가는 것들은 다 문제라니까."

"그러니까요. 무슨 생각으로 저러나 몰라."

주영의 부모가 껍질을 깎아 조각낸 사과를 먹으면서 말했다. 텔레비전 브라운관에서는 주영이 알고 있지만 알지 못하는 장면들이 잇달아 나왔다. 미래기획 사무실 창문으로 돌을 던지는 사람들, 사장의 차인 줄 알고 애먼 주민의 승용차를 부수는 사람들, 바닥에 드러누워 울부짖는 사람들, 경찰들, 경찰에게 끌려 나가는 사람들…… 저 사람들 중에 인천언니도 있을까? 주영은 부모의 눈치를 살피며 텔레비전 쪽으로 조금 더 가까이 다가가 앉았다.

그날 인천언니와 언니의 친구들이 주영과 현정에게 햄버거를 사 주었다. 감자튀김과 밀크셰이크도 사 주었다. 주영은 처음 먹어본 밀크셰이크의 달콤한 맛보다도 현정과 인천언니가 주고받는 대화에, 자신은 모르는 둘만의 이야기에 신경을 곤두세우고 있었다. 둘은 한두 번 만난 사이가 아닌 것 같았다. 인천언니가 현정을 보러 온 적도 있었고, 현정이 인천언니를 보러 두 시간이 넘게 지하철을 타고 인천에 간 적도 있었다. 인천언니는 현정을 '우리 현정이'라고 불렀다.

"우리 현정이랑 친구는 이제 집에 가. 나머지는 언니들이 잘할게."

그때는 꼭 어른 같아 보였던 인천언니는 고등학교 1학년이었다. 언니가 입고 있던 교복은 재킷, 조끼, 펜슬스커트의 스리피스 정장 스타일에 넥타이까지 있어서 더 어른처럼 보였다.

뉴스 앵커가 난동을 피운 팬들 중에는 어린 학생들이 다수 있었다고 말했다. 모자이크 된 화면과 함께 변조된 음성으로 잘못이라고 생각하지 않는다는 누군가의 말이 흘러나왔다. 언니들이 잘하겠다더니, 저런 게 잘하는 건가. 주영은 삐죽 웃음이 나왔다.

"어머, 더 어린 애들도 있었나 봐."

"아무것도 모르는 애들까지 꼬여냈나 보네."

"정말 큰일 내겠네."

"아니야."

그 말은 속으로 하려던 말이었다. 왜 밖으로 나왔는지 모를 일이었다. 한번 나오고 나니 멈출 수도 없었다.

"꼬여낸 거 아니야. 아무것도 모르는 거 아니야. 다 잘못한 거 아니야."

말을 하면 할수록 주영의 목소리는 커졌다. 점점 울음이 섞이다가 엉엉 울고 말았다. 주영의 부모가 그런 주영을 감싸 안고 도닥여주는 사람들이었다면, 주영은 현정에게 그렇게 나쁘게 굴지 않았을 것이다. 하지만 주영의 부모는 다그치고 추궁하는 사람들이었고, 주영은 결국 자신이 뉴스 화면 속 현장에 있었다는 사실과 현정의 이름을 말하고 말았다.

주영이 울며 매달리고 빌어도 주영의 부모는 현정의 집으로 향했다. 그날 현정에게 무슨 일이 있었는지 주영은 알지 못한다. 다음 날 놀이터에서 만났을 때, 현정이 소매가 긴 티셔츠와 두꺼운 청바지를 입고 있는 걸 보고 무언가를 짐작했을 뿐. 그때 그냥 현정을 끌어안았더라면, 그렇게 하고 싶었던 대로 솔직하게 굴었더라면. 하지만 주영은 그렇게 하지 않았다.

"너 땜에 괜히 거기 가서 혼났어."

"내가 억지로 끌고 갔니?"

"나 사실 밀크드림 안 좋아해."

"그럼 다 거짓말이었어?"

너는 나한테 왜 다 말하지 않았는데? 그 말은 하고 싶지 않았다. 주영은 피가 날 때까지 입술을 깨물었다. 누가 먼저 절교라는 말을 했는지는 기억나지 않았다.

신고자는 근처에 사는 주민이라고 했다. 당장 사람들을 해산시키라며 경찰을 잡아끌었다. 그가 민아에게 손가락질을 하며 다가왔다.

"이거 보라고! 아무것도 모르는 애까지 데리고 나와서 이게 다 무슨 소란이야!"

민아가 자리에서 일어났다.

"저 아무것도 모르지 않거든요!"

주영도 함께 자리에서 일어났다.

"제가 보호자예요. 이 친구는 자기 의지로 여기 온 겁니다."

"당신이 어른이면 어른답게 굴어야지. 애를 부추기는 걸 그냥 두나? 어?"

그가 주영의 어깨를 밀쳤다. 주영의 몸이 휘청거렸다. 민아가 비명을 질렀다.

"선생님!"

"선생? 선생이 학생을 이런 데 데리고 와도 돼?"

"이런 데가 어떤 덴데요?"

그와 주영의 사이를 막아선 것은 현정이었다. 주영은 이전에 마지막으로 보았던 현정의 모습을 떠올려보았다. 여름방학이 끝나고 교실에 돌아갔을 때 주영 쪽으로는 고개를 돌리지 않으려고 애쓰는 것이 티가 나던 옆모습, 짝이 바뀌고 학년이 바뀌어 서로 다른 반이 되고, 같은 중학교에 진학했는데도 서로를 모른 척하며 수없이 스쳐 지나갔던 현정의 얼굴을. 입시에 유리하다는 고등학교에 진학하기 위해 주영은 중학교를 졸업하기 전 그 동네를 떠나 압구정으로 이사를 했다. 이삿짐을 정리하다가 현정과의 교환일기장을 발견하고 그대로 이전 집에 두고 나왔던 것이 오래도록 후회되었다.

그리고 그 무엇보다도 1999년 겨울, 밀크드림이 해체한다는 소식을 듣고 오랜만에 눌러보았던 현정의 사서함에서 밀크드림의 뜻을 이야기하며 웃던 현정의 목소리를 들었던 일. 그 일이 계속 생각이 났었다. 누군가를 사랑한다고 느낄 때마다, 그런데도 그 사랑을 감추는 자신을 깨달게 될 때마다.

주영이 현정의 어깨에 손을 올렸다. 그리고 한 걸음 앞
으로 나섰다.

"저도 밀크드림 팬이거든요."

작가 노트

"나를 믿어주길 바래, 함께 있어."

1997년 3인조 여성 아이돌 그룹 S.E.S.가 데뷔했다. 그때부터 지금까지 누군가의 팬으로 살아가는 것이 얼마나 기쁘고 또 슬픈 일인지 자주 생각했다. 그래도 좋다. 누군가를 볼 수 있다는 것만으로도 행복해지는 순간이 있다는 것이. 앞으로도 분명히 팬으로 살 것이다.

1999년 12월 31일 밤에 '밀레니엄 쇼크'를 걱정하며, "어쩌면 우리 이제 다시는 못 만날지도 몰라" 하고 마음 졸이던 친구가 있었다. 우리는 상대의 이름도, 얼굴도 몰랐다. 서로를 닉네임으로 불렀고, 채팅창에서 함께 웃었다. 두려워하다가 자정

직전 그 친구가 알려주었던 '진짜 이름'을 나는 기억하지 못한다. 그 애는 내 이름을 기억할까. 혹시 이 글을 읽을 수도 있을까. 그렇다면, 네가 있어서 다행이었던 날들이 있었다고 전하고 싶다.

S.E.S.의 'I'm Your Girl'을 모티브로, 그리고 그 시절에 내가 미워하는 척하며 몰래 좋아했던 모든 여성 아이돌들을 생각하며 이 소설을 썼다. 가끔 그때의 노래를 흥얼거리며 자기도 모르게 웃게 되는 분들이 재미있게 읽어주셨으면 좋겠다.

1990년대 여성 가수들의 노래를 모티브로 2020년의 여성 소설가들이 저마다의 기억을 담아 단편소설을 쓰는 이 책의 기획에 함께해주신 동료 작가들께 감사드린다. 우리가 함께 쓴다는 것은 그 무엇보다도 힘이 된다.

에코 체임버

조시현

2018년 《실천문학》 소설 부문 신인상, 2019년 《현대시》 상반기 신인상을 수상하며 작품 활동을 시작했다.

시험을 망쳤어

오 집에 가기 싫었어

열 받아서 오락실에 들어갔어

어머 이게 누구야

저 대머리 아저씨

내가 제일 사랑하는 우리 아빠

장난이 아닌걸

또 최고 기록을 깼어

처음이란 아빠 말을 믿을 수가 없어

용돈을 주셨어

단 조건이 붙었어

엄마에게 말하지 말랬어

한스밴드, '오락실'

*

16분할 된 화면 속에서 사람들은 저마다의 흥에 차 있었다.

2번 방의 남녀는 아까부터 키스를 하는 중이었다. 도무지 끝날 기미가 보이지 않았다. 코인 노래방에서 아르바이트를 시작한 지 어느덧 4개월 차였다. 8시에 인수인계를 받으면, 복도와 방을 쓸고 닦고 대걸레질을 한다. 손자국이 난 유리문을 앞뒤로 닦고, 음료자판기를 채워 넣은 뒤, 동전교환기에 충분한 동전이 들어 있는지, 일회용 마이크

커버가 떨어지지 않았는지, 분실물이 있는지를 확인한다. 이것만 끝내면 남은 시간은 비교적 자유롭게 보낼 수 있었다. 아르바이트를 하면서 늘어난 건 게임 레벨과 비위뿐이었다. 노래를 부르는 일이 그토록 비위생적일 수도 있다니. 사람이 노래를 부르는데 몸에서 그렇게 많은 분비물이 나올 거라곤, 그전까진 미처 상상도 못 했다. 침을 뱉으면 노래 실력이 늘어나기라도 하는 건지 멀쩡하게 생긴 사람들이 방에만 들어가면 침이고 가래고 뱉을 수 있는 건 전부 뱉어대 나중에 보면 바닥이 흥건했다. 일을 시작하고 가장 많이 한 일이 침 닦기라면 말은 다한 거였다. 내 표정을 본 사장은 그래도 실내 금연으로 바뀌면서 사정이 많이 좋아진 거라고 중얼거렸다. 어차피 당장 그만둘 수도 없는 노릇이었지만 사장이 눈치를 보는 게 나쁘지 않아 표정은 풀지 않았다.

반짝이는 조명 아래 16분할의 화면은 인간 역사의 축소판처럼 보였다. 그리고 그건 희로애락의 집합체나 다름없었다. 열여섯 가지 유형으로 나뉜 MBTI를 영상으로 만들어둔 것 같기도 했다. 대체 마이크를 바지 안에 왜 집어넣는 건지, 발작하는 연기는 또 왜 하는 건지, 울긴 왜 울며,

아이돌 안무를 전부 외우는 끝도 없는 열정과 에너지는 어디서 오는 건지 알 수 없었다. 노래를 잘 부르다 갑자기 온몸을 바르르 떨며 기절하는 사람을 보고 119에 신고한 뒤 재빨리 달려가 문을 열었을 때, 어느새 얌전히 자리에 앉아 온순하게 눈을 깜박이며 대체 무슨 일이냐는 듯 나를 쳐다보는 손님과 눈을 마주치고 나서야 세상에는 정말 다양한 방식으로 흥을 표출하는 사람이 있다는 걸 깨달았다. 뒤늦게 찾아온 구급요원들에게 거듭 허리를 숙이며 앞으로는 절대로 인간의 흥을 과소평가하지 말자고 결심했다. 한번 그런 일을 겪고 나니 거리감을 형성하는 것에는 도움이 되었다. 칸칸이 비슷한 장면들이, 매일 6시간씩 펼쳐졌다. 노는 것만 봐도 사람 사는 게 다 똑같았다. 인간은 혼자 있으면 이상해지는구나. 그걸 매일 6시간씩 바라보고 있자면 어떤 기행을 봐도 무뎌졌다. 사무실 구석에는 똑같은 CCTV가 달려 있었다. 사장이 지켜보고 있을 터였다. 나는 되도록 얌전하게 굴었다.

혼자서 둘이서 셋이서. 들어오는 사람들은 저마다 비슷한 차림이었다. 트렌치코트, 플로럴 패턴, 부츠 컷, 점프 슈트, 와이드 팬츠, 슬랙스, 테니스 스커트, 흰 운동화, 블로

퍼, 슬립온, 마치 회전문처럼 방금 들어온 사람이 또 들어온 것 같고 방금 나간 사람이 또 들어온 것 같았다. 시간은 정지하고 사람만 움직이는 것처럼 보였다. 저 많은 사람들은 어디서 와서 어디로 가는 걸까. 잠깐이라고 생각했던 아르바이트는 한없이 늘어지고 있었다. 수습을 그만둔 뒤로 나를 받아준 건 사장뿐이었다. 괜히 소신 있는 척 굴었다가 일생에 단 한 번뿐이었던 기회를 놓친 건 아닌지, 내가 앉아야 했던 의자를 내 손으로 부순 건 아닌지, 스스로가 뭘 하는지 제대로 알고는 있었던 건지 의문이었다. 노래방 아르바이트를 하기로 한 이유는 거창할 게 없었다. 혹시나 잡힐지 모를 면접을 생각하면 낮 시간을 비워두는 게 옳았다. 저녁에 일하면서도, 너무 체력을 뺏기지 않고 간섭은 덜 받는 일자리가 필요했다. 선택지가 많지는 않았다. 8시부터 2시까지. 집에서 걸어서 10분 거리. 이력서를 가지고 오라는 말에 울컥했지만 조건에 맞는 곳을 또 찾는 것도 일이었다. 어쨌든 내 이력서는 8년간의 아르바이트 경력으로 빼곡했다. 내일부터 나오라는 사장의 말은 따뜻했다. 내 자리로 마련된 건 모니터 두 대와 몇 개의 리모컨, 그리고 청소도구가 쌓여 있는 이곳뿐일 거라는 비관과 불안만 잘 갈무리하면 되었다.

떠들썩한 기색에 고개를 들었다. 6번 방에서 여자애들이 나오고 있었다. 다시 모니터를 확인했다. 2번 방의 남녀에게는 차라리 방을 잡으라고 말해주고 싶을 정도였다. CCTV가 있다는 경고문만 붙여놓아도 훨씬 나을 텐데. 사실 사장에겐 관음증이 있는 거 아닐까. 저들은 문이 닫혀 있다고 프라이빗한 장소라고 선뜻 믿는 걸까. 21세기에 그런 터무니없는 낙관은 대체 어디서 오는 걸까. 7번 방 애들은 머리까지 흔들며 너무 신나게 춤을 춰서 보고 있는 내 숨이 다 가쁠 지경이었다. 고무장갑을 끼고 알코올 소독제와 걸레를 챙겨 자리에서 일어났다. 깔깔거리는 웃음소리가 출구 쪽으로 멀어졌다. 심호흡을 하며 6번 방 문을 열었다. 신발을 신고 올라간 건지 빨간 인조가죽 소파 위로 발자국이 선명하게 찍혀 있었다. 유리창은 손자국으로 얼룩덜룩했다. 다행히 침을 뱉지는 않은 모양이었지만 아직 방심할 수 없었다. 앞으로 평생을 남이 흘린 침이나 닦아내며 살아야 하는 건 아닐까. 어차피 모든 인간은 침을 흘리니까 나쁘지 않은 것 같기도 했다. 석기시대부터 침을 흘렸으니까 우주시대에도 침을 흘릴 것이고 그러면 내가 일자리를 잃는 일도 없을 것이다. 마이크 커버를 벗기고 소독제를 뿌린 뒤 제자리에 돌려놓았다. 옆방의 노랫소리가 들려왔다. 어디선가 많이 들어본 전주가 나오고 있었다.

시험을 망쳤어! 오 집에 가기 싫었어!

옆방 애들은 거의 악을 지르듯 부르고 있었다. 벽을 통해 진동이 느껴졌다. 대걸레를 가지고 오며 힐끔 들여다보니 자주 보이는 근처의 고등학교 교복이었다. 지금쯤이면 중간고사 기간일 터였다. 그러니까, 아주 오래전에 유행했던 저 노래가 다시 회자되기 시작한 건 박수지 때문이었다.

박수지는, 사람들의 표현을 빌리자면, 서바이벌 오디션 프로그램이 건져낸 진흙 속의 진주였다. 이미 여러 개의 시리즈가 있어 질질 끈다는 평가가 있는 데다 악성 편집으로 욕을 먹던 그 프로그램은 콘셉트를 아예 레트로로 잡으면서 이미지를 완전히 갱신했다. 사랑스러운 목소리와 청순한 외모, 그리고 화려한 퍼포먼스로 삼박자가 골고루 맞아떨어진다는 수지밴드는 원래도 레트로를 콘셉트로 시티팝이나 8090의 노래를 리메이크하는 것으로 유명했는데, 프로그램의 취지와 정확히 걸맞아 출연 효과를 톡톡히 보고 있었다. 예선을 통과한 박수지가 첫 본선에서 부른 노래가 바로 한스밴드의 '오락실'이었다. 무릎을 굽혔다 펴며 팔을 짤랑짤랑 흔드는 귀여운 안무는 사람들의 향수를 자극했고 유행과도 걸맞았다. 승부의 세계는, 오 너무너무 냉정해. 서바이벌에 걸맞는 도발적인 가사까지 어우러져 박수지의 이름은 순식간에 검색어에 올랐다. 매일이 경쟁인 청년들의 가슴에 한 줄기 위로를 던지는 청량한 목소리……. 박수지가 노래를 부르는 내내 감성적인 폰트의 자막이 둥둥 떠다녔다. 저는 계속 싸우고 있었는데요, 애초에 저는 그 승부의 세계에조차 들어가지 못했던 거였거든요. 인터뷰 후반, 박수지가 약간의 과장을 보탠 과거팔이는 그대로 문자 투표로 이어졌다. 함께 꿈을 키워나간 자매 밴드, IMF의 여파로 어느 날 갑자기 사라진 아버지, 와해된 꿈과 전교 1등 큰언니, 비뚤어진 둘째 언니, 그 모든 책임을 짊어져야 했던 어머니, 다소 상투적일 법한 이야기는 어디서나 들을 수 있는 이야기의 변형이었지만, 감성적인 자막과 함께 등장해 사람들의 심금을 울렸다. 박수지의 사연에 의하면 그런 자매의 꿈을 좌절시킨 건 두말할 것 없이 IMF였다. 비슷한 기억은 나에게도 있었다. 그러나 아빠는 사라진 지 정확히 15일이 지난 뒤 집으로 돌아왔다. 단순 가출이라고 하기에도 그렇게 긴 시간은 아니었다. 엄마는 뒤늦게야 아빠의 구조조정 사실을 알게 되었고, 어느 순간 아빠는 다시 출근을 시작했다. 어렴풋한 기억이었다. 검색해보니 박수지는 나와 동갑이었다. 같은 경험을 했지만 어떤 것은 팔리는 이야기가 되었고 어떤 것은 그렇지 않았다. 어디가 자기의 자리가 될 수 있는지를 정확히 아는 동물적인 감이 나에게는 없었다. 어쩌면 박수지의 아버지와는 달리 우리 아빠는 그냥 돌아왔기 때문인지도 몰랐다. 완벽하게 사라지지도 못한 어중간함. 그것을 나는 그대로 물려받은 것이다. 의자를 박박 문질러 닦아대는 동안 익숙한 노래는 2절을 향해 가고 있었다.

승부의 세계는 오 너무너무 냉정해.

그래, 정말 지금 내 상황과 딱 들어맞는 노래가 아닐 수 없었다.

*

"야. 자리 좀 만들어줘."

웅이는 자리에 앉자마자 삼각대에 핸드폰부터 설치했다. 타임랩스로 취업 준비 과정을 기록해야 한다고 했다. 어디선가 유튜버 한 달 수익을 주워듣고 와서 제 일거수일투족을 찍기 시작한 게 벌써 두 달째였다. 웅이는 2시부터 8시까지, 내 앞 타임에 일했다. 인수인계를 받으며 얘기하다 보니 동갑이었고 비슷한 처지여서 순식간에 가까워졌다. 처음 몇 번인가 외롭다는 말로 은근슬쩍 떠보기에 여자를 좋아한다고 대답했더니 그 뒤로 깔끔하게 친구가 됐다. 좋게 말하면 깔끔하고, 나쁘게 말하면 쉽게 포기하는 그 부분이 마음에 들었다. 한때는 영화감독이 꿈이었으나 졸업 작품을 준비하면서 자신의 적성이 아니라는 걸 확실히 깨달았다는 얘기는 나중에 들었다. 어쨌든 그에 의하면 일상을 기록으로 남겨두는 건 일종의 포트폴리오가 될 수 있었다. 아직은 구독자가 100명 내외일 뿐이지만, 그의 꿈은 광고 수익으로 한 달에 천만 원을 버는 거였다. 그날이 오면 취준도 때려치울 거라고 했다. 웅이는 편집이 밀려 바쁘다고 호들갑을 떨면서도 자신의 턱 아래쪽을 찍고 있는 핸드폰을 계속 흘끔거렸다.

"아. 너무 하기 싫다."

게임 회사는 포트폴리오와 시놉시스, 그리고 간단한 기획서 따위를 요구했다. 자기소개서도 써야 했다. 잘 써두면 정말 할 게 없을 때 웹소설로도 써먹을 수 있을 터였다.

"이거 봐."

웅이가 자기 노트북을 돌려 뭔가를 보여주었다. 보석이 박힌 동그란 밧줄 아래 예쁘게 죽어요, 라고 적혀 있는 사진이었다. 노려보는 것에도 아랑곳 않고 그는 혼자 킬킬대며 다시 노트북을 가져갔다. 성장배경을 기술해주시기 바랍니다. 본인의 사고와 행동을 결정하는 가치관 세 가지와 적용 사례를 기재해주십시오. 커서가 깜박거렸다. 비슷한 질문에 수백 번도 넘게 대답했지만, 내 얘기가 정답이 된 적은 한 번도 없었다. 인터넷만 켜면 A1부터 Z99까지 다양한 변주로 접할 수 있는 이야기들 틈에서 어떻게 돋보여야 할지 알 수 없었다. 너무너무 냉정한 승부의 세계. 어쩌면 박수지 식으로 시작해볼 수도 있었다.

저는 노스트라다무스로 그 시절을 기억합니다. 어디선가 원어민을 초대해 그룹 과외를 만든 것은 엄마였습니다. 친한 엄마들을 중심으로 나이가 들쑥날쑥한 애들이 모여,

일주일마다 집을 바꿔가며 ABCD를 배웠습니다. 귀에 들어오는 영어 단어 비슷한 거라곤 노스트라다무스뿐이었습니다. 저는 노스트라다무스라는 말이 주는 복잡함과 으스스함이 좋았습니다. 엉덩이를 달싹이는 애들 가운데서 언니만 혼자 연필을 쥐고 단어를 받아쓰셨습니다. 언니 바보야? 지구가 멸망한다는데 이걸 왜 하냐? 언니가 저의 머리를 쥐어박았습니다. 지구가 망해도 영어는 해야 돼. 언니는 무엇을 해도 일등이었습니다. 우리 집은 딸딸이집이라고 불렸습니다. 그 말에는 웃음기와 경멸과 약간의 음흉함이 섞여 있었습니다. 할머니의 박한 평가에도 불구하고 사람들은 언니를 볼 때마다 열 아들 부럽지 않겠다고 칭찬했습니다. 서울 소재의 여대를 졸업한 엄마는 집에서 공부방을 운영했습니다. 집의 가장 커다란 방은 늘 언니 오빠들로 북적거렸습니다. 언니가 1등을 놓치지 않았으므로 공부방의 홍보 효과는 대단했습니다. 언니는 연월일로 계획표를 작성했고, 아주 부득이한 경우가 아니면 그것을 철저하게 지켰습니다. 그건 엄마에게서 물려받은 기질이었습니다. 문제를 파악하기, 급한 순서부터 나열하기, 해결 방안을 찾기, 실행하기. 그것이 엄마의 삶을 이끄는 규칙이었습니다. 엄마는 늘 어딘가 화가 난 표정으로 끊임없이 뭔가를 했습니다. 밥을 하고 우리를 깨우고 방을 치우고 쓸고 닦고, 공부를 가르치고, 때로는 작은 비닐에 머리끈을 넣거나 액세서리를 분류해 담아 박스를 채우기도 했습니다. 바자회에도 갔습니다. 물건을 사고파는 사람들은 거의 아줌마들이었습니다. 엄마는 그 사이를 능숙하게 헤집으며 옷과 장난감과 생필품을 골랐습니다. 산더미 같은 물건들 틈에서 엄마는 새것 같고 생활에 꼭 필요한 물건들을 잘도 찾아냈습니다. 아빠가 갑자기 사라졌을 때도 일상은 아무렇지 않게 굴러갔습니다. 엄마는 계속 밥을 지었고, 돈을 벌었고, 우리를 학교에 보냈습니다. 아빠가 돌아왔을 때도 마찬가지였습니다. 영어 과외는 어느 순간 미술 과외로 바뀌었다 사라졌습니다. 지구가 멸망하지 않은 채로 20세기는 끝났습니다.

　힘들 때마다 저에게 여기 있어도 된다고 말해준 것은 게임이었습니다. 6개월 전 저는 지망하던 회사에 수습으로 들어갔습니다. 거기서 신지를 만났습니다. 그는 바스트 모핑이 없으면 게임도 아니라는 말을 서슴없이 하는 사람이었습니다. 어떤 얘기를 하든 가슴 얘기로 돌아오는 뚝심을 가지고 있었습니다. 저는 펑퍼짐한 옷을 입고 출근을 하게 되었습니다. 한 선배가 이 업계에는 저런 사람이 백만 명이라고 귀띔해주었습니다. 여기서 일하려면 안고 가야 한다고 했습니다. 팔리는 게임을 만들어야 한다고 했습니다. 저는 불의를 못 참는 성격은 아닙니다. 3일 동안 고민한 결과 저는 신지와 한 팀이 되어야 한다는 걸 받아들이기로 했습니다. 동행의 가치는 중요하니까, 함께 가보기로 했습니다. 그런데 그가, 저에게 컵을 씻어 오라고 했습니다. 언니는 끈기가 없는 것이 저의 문제라고 했습니다. 자라면서 몇 번의 지구 멸망설과 경제 위기를 겪었습니다. 망한다는 말에 기대를 품은 건 아무래도 저뿐이었던 것 같습니다. 제가 망한 건 그때 영어를 열심히 공부하지 않았기 때문인 것 같습니다.

"이건 무슨 자소설이야."

웅이가 내 노트북을 읽더니 다시 혼자 킬킬거렸다. 나는 아무렇게나 써 내려간 글들을 전부 지우며 테이블에 엎어졌다.

"너 일하기 싫지."

"함께 가야 할 백만 명의 신지가 있다고 생각해봐."

"난 오타쿠 싫어해."

알람이 울리자 웅이는 핸드폰을 셀카봉에 끼우고 자리에서 일어났다. 알바 가는 모습도 기록해야 한다는 말이었다. 야. 정말 맥락 없다. 그는 내 말을 무시했다.

새벽 2시가 조금 넘어 지하에서 지상으로 올라오면 꼭 건져 올려진 듯한 기분이 들었다. 나는 비척거리며 가끔 취객만 지나다니는 텅 빈 도로를 가로질렀다. 간판들이 번쩍였고 신호등이 깜박거렸다. 좀, 유령이 된 것 같은 기분이었다.

*

뛰고, 뛰고, 몬스터를 밟고, 아이템을 먹고, 떨어져서 죽는다. 다시, 죽은 자리에서 살아나 뛰고, 뛰고, 더블 점프. 아이템을 먹고, 불꽃을 쏜다. 맵은 매번 달라졌지만, 해야 하는 일은 비슷했다. 이 게임도 곧 접을 때가 됐나. 오늘따라 유독 손이 꼬였다. 이 구간은 평소에 캐릭터가 뛰는 것보다 절벽 사이의 간격이 훨씬 넓었다. 더블 점프도, 스리더블 점프도 먹히지 않는 간격이었다. 이걸 사람이 하라고 만든 건지, 어쩌면 개발자가 아직 다음 스테이지를 만들지 못해 임시방편으로 이렇게 해둔 걸지도 몰랐다. 차라리 바쁘면 정신없이 일하고 말 텐데 띄엄띄엄 움직여야 하니 그사이에 할 수 있는 게 이런 것뿐이었다. 갑자기 카톡이 오는 바람에 화면이 가려졌다. 죽음을 알리는 진동이 울렸다. 하트를 요청하는 아빠의 메시지였다. 어느 순간부터 레벨만 올라가는 것처럼 느껴져 결국 접은 게임이었다. 곧 서비스가 종료될 거라는 말도 있었다. 이미 내 핸드폰에서는 지워버린 지 오래였다. 유저가 거의 빠져나간 광활한 맵을 혼자 돌아다니며 사냥을 하고 있을 아빠를 생각하자 왠지 울컥한 기분이 들었다.

　야. 끝나고 ㄱ?

　ㅇㅇ.

　웅이의 카톡에 답장을 보내는 순간 초인종이 울렸다. 계단 중간에 센서가 있어 손님이 절반 이상 내려오면 소리가 났다. 반투명 시트지 사이로 눈에 익은 차림이 지나갔다. 월요일부터 금요일까지 이 시간 무렵이면 나타나는 아저씨였다. 50대 언저리로 보이는 그 아저씨는 늘 양복 차림에 백팩을 메고 들어와 손님이 들어가 있지 않은 가장 가까운 방으로 들어가서 꼭 천 원어치씩 노래를 부르고 갔다. 앞의 세 곡은 매일매일 달라졌지만, 마지막에 부르는 노래는 반드시 오락실이었다. 어머 이게 누구야 저 대머리 아저씨. 내가 제일 사랑하는 우리 아빠. 일곱 색깔로 빛나며 찬란하게 돌아가는 조명 아래서 자기 자신에게 그런 노래를 불러주는 마음은 뭘까. 아빠 사랑해요, 난 아빠를 믿어요. 청소도구를 들고 복도를 오갈 때마다 들려오는 처절한 목소리를 듣고 있자면 믿음과 사랑이 한 사람에게 부과하는 부담과 고통에 대해 생각하게 됐다.

나는 빈방을 찾아 들어가는 아저씨를 모니터로 좇았다. 오늘도 16분할 칸은 하나 또는 둘 또는 셋의 사람들로 가득 차 있었다. 마이크에 대고 그들은 뭔가를 끊임없이 외쳐대고 있었다. 조명 때문인지 그들은 사람이 아니라 일종의 잔상처럼 보였다. 어제의 잔상. 그들 자신의 잔상. 좁은 방에 갇혀 끝도 없이 반사되는 목소리를 듣고 있으면 무엇이 시작인지도 알 수 없게 될 터였다. 시작 같은 건 오래전에 사라져버렸는지도 몰랐다. 그러면 우리는 일종의 메아리 같은 걸까. 내가 나 자신의 메아리 같기도 했다. 네 곡은 금방 끝났다. 그가 움직이는 바람에 나는 퍼뜩 현실로 돌아왔다. 그는 언제나 방에서 나오기 직전, 심호흡을 하며 넥타이를 꾹 조였다. 다시 세상으로 돌아오기 위한 의식을 치르듯이. 조금 가빠지는 호흡이 그 사실을 상기시켜 주기라도 한다는 듯이. 나는 화면에서 그가 완전히 사라지고 나서야 고무장갑을 끼고 자리에서 일어났다. 그가 들어갔다 나간 자리는 별로 치울 것이 없었다.

평소처럼 대걸레를 뻑뻑 문지르는데 끝에 뭔가가 걸렸다. 우산이었다. 승부의 세계는! 오 너무너무 냉정해! 멀리 있는 방 어딘가에서 누군가가 소리를 질러댔다. 하루에도 수십 번은 듣는 가사였다. 프로그램이 성행하면서 노래방 인기차트는 시대의 명곡을 리메이크한 곡으로 점철되었다. 사람들은 부를 노래가 떨어지면 애창곡과 인기차트에 들어가 노래를 골랐다. 그러는 동안 아무도 불러주지 않는 노래는 그래서 점점 더 아무도 불러주지 않게 되고, 있는 것도 없는 것도 아닌 게 되어갔다. 씁쓸한 마음으로 분실물을 주워 드는 순간 문가에 그림자가 어렸다. 아저씨가 서 있었다. 우산을 내밀자 아저씨가 고개를 끄덕였다. 문을 나서는 아저씨의 등 뒤로 젖은 발자국이 길게 이어졌다. 나는 다시 대걸레를 끌었다.

주말에 약속 잊지 마.

사무실로 돌아오니 언니에게서 문자가 와 있었다. 작년에는 엄마 생일을 깜박하고 친구들과 여행 일정을 잡는 바람에 언니와 크게 싸워야 했다. 언니는 일부러 그런 거라며 나를 비난했다. 잔소리를 듣기 싫어서 올해는 정신을 바짝 차리고 있었다.

알아.

나는 답장을 보냈다.

*

그리고 가끔.

정말 견딜 수 없을 것 같은 기분이 들면 은근슬쩍 빈방에 들어가 마이크를 쥐었다.

아악!

아아악!

아아아아아악!

에코가 들어간 고함 소리는 내 것이 아닌 것 같았고, 아주 많은 사람의 것처럼 들리기도 했다.

사장이 물으면 테스트를 했다고 대답할 셈이었지만, 그는 아무것도 묻지 않았다.

*

새벽 2시의 고깃집은 아직도 사람들로 바글거렸다. 우리는 고기 1인분과 소주를 시켰다. 아줌마가 우리를 물끄러미 쳐다보다 카운터로 갔다. 바로 옆자리에서는 아저씨가 혼자 앉아 술을 먹고 있었다.

"자, 그럼 지금부터 선물 개봉식이 있겠습니다."

웅이가 핸드폰에 대고 각도를 조절하며 다짜고짜 다이소 봉지를 내밀었다. 웅이는 새로운 콘텐츠, 재미있는 소재라는 말을 입에 달고 다니면서 엉뚱한 짓을 저지르곤 했다. 나는 얼굴이 나오지 않는 조건하에 그걸 다 받아주고 있었다. 나중에 실버버튼을 받으면 출연료를 몰아주겠다는 말을 100번은 들었지만 별로 기대는 되지 않았다.

"이게 뭐야."

"선물하고 반응 보기."

"이게 선물이냐?"

자그마한 스노 글로브였다. 플라스틱 돔 안에 빨간 지붕 집과 노부부, 그리고 강아지 모형이 오밀조밀 들어 있었다. 바닥은 빙하를 표현한 것 같았다. 뒤집으니 가격표가 그대로 붙어 있었다. 삼천 원짜리였다. 전원 버튼을 누르자 빨파초 조명이 번쩍거렸다. 테이블에 내려놓자 돔에 가로막힌 반짝이 가루가 모형 위로 되쌓이기 시작했다. 불빛 때문에 눈이 아프고 정신이 사나웠다. 저거, 다 방사능 눈이겠지. 실없는 생각을 하며 버튼을 끄고 막 나온 고기를 불판 위에 올렸다. 지글거리는 소리와 함께 살점이 오그라들었다. 웅이는 내 반응에 실망한 듯했다.

"야. 반응이 그게 뭐야. 좀 더 리액션을 해줘야지."

"오천 원은 썼어야지."

우리는 말없이 잔을 부딪쳤다. 살점은 아직 새빨갰다. 어디선가 뭔가가 죽었는데 아무 소리도 듣지 못했다고 생각하자 기분이 이상해졌다. 지금 이 순간에도 빙하는 녹고…… 쓸데없는 생각이었다. 웅이가 고기를 뒤집으며 내 핸드폰을 가져갔다. 그가 해야 하는 기록은 유튜브뿐만이 아니었다. 인스타그램 속 웅이는 전혀 다른 사람처럼 보였다. 당신이 세계를 바라보는 방식이 좋아요. 한 여성으로부터 디엠을 받은 뒤로는 업데이트에 더 열심이었다. 내 눈엔 다른 사진들과 별다를 게 없어 보였다. 그는 몸을 이상한 각도로 틀어가며 열심히 사진을 찍었다. 어디선가 귀에 익은 노래가 들린다 싶어 고개를 돌렸다. 가게에서 틀어둔 텔레비전에 박수지가 나오고 있었다. 아래로 국민 첫사랑이라는 자막이 떠올랐다. 세상에 국민 첫사랑은 뭐 저렇게 많은지.

"야, 박수지다."

"노래는 진짜 잘한다."

"쟤는 좋겠다."

박수지는 유력한 우승 후보로 이미 승부의 세계에 완벽하게 안착한 사람이었다. 예정된 1억이 있는 기분은 뭘까. 묘한 박탈감에 고개를 돌리는 순간 옆에 앉아 있던 아저씨와 딱 눈이 마주쳤다. 어어. 나도 모르게 소리가 새어 나갔다. 천 원 아저씨였다. 노래를 다 부르면 집으로 돌아가는 줄 알았는데 이런 곳에서 술을 마시고 있을 줄이야. 오늘이 특별한 걸까? 노래방을 나간 사람들이 어디로 나가 어떤 삶을 살아가는지에 대해서는 한 번도 생각해본 적이 없었다.

"나 알아요?"

그가 불콰한 얼굴로 물었다. 머뭇거리다가 노래방 아르바이트라는 사실을 밝혔다. 아아. 그가 고개를 끄덕였지만 정말 알아본 건지는 알 수 없었다. 우리를 번갈아 보던 웅이가 눈을 빛냈다.

"아는 사이시면 합석하실래요?"

눈이 마주치자 웅이가 핸드폰으로 눈짓을 했다. 옆자리 아저씨와 합석하기 따위로 콘텐츠를 변경할 모양이었다. 의외로 아저씨는 흔쾌히 고개를 끄덕이며 우리 쪽으로 의자를 당겨 왔다. 웅이가 아저씨의 잔에 술을 따랐다.

"왜 혼자 드세요."

웅이가 카메라를 곁눈질하며 능청스럽게 물었다.

"상금이 1억이라면서요?"

아저씨가 확인하듯 물었다. 취한 듯 발음이 좀 어눌했다. 아마 박수지 얘기 때문에 이쪽을 쳐다본 모양이었다.

"그렇다네요."

웅이는 잔을 부딪치며 1억이 생기면 뭘 할 거냐고, 자연스럽게 말을 이었다. 자기는 촬영 장비를 바꿀 거라고 했다. 조회수가 안 나오는 건 자신의 탓이 아니라는 거였다. 아저씨는 빚을 갚을 거라고 했다. 나는 더 넓은 방으로 이사를 가고 알바를 그만두고 싶다고 했다. 듣고 있자니 1억이 있어도 삶은 크게 달라지지 않을 것 같았다.

"1억이 큰돈인가?"

"큰돈이지."

"아닌 거 같아."

"아닌가."

고기가 불판 위에서 쪼그라들었다. 어쩐지 배 속이 쪼그라드는 기분이었다. 다시 한번 술잔을 부딪쳤다. 짧은 침묵이 흘렀다. 멋대로 한 잔 더 따라 마신 아저씨가 우리 쪽으로 고개를 바짝 숙였다. 턱 언저리가 발그레했다. 뭔가를 모의하는 듯한 표정에 덩달아 고개를 숙이자 얼굴로 불기운이 올라왔다.

"사실은, 내가 아빠예요."

나와 웅이는 어리둥절한 표정으로 눈을 마주쳤다.

"뭐라고요?"

"내가 박수지 아빠라고요."

그가 속삭이듯 말했다. 몹시 진지해 보였는데 진짜여서인지 취해서인지 가늠이 되지 않았다. 듣고 보니 코에서 입으로 떨어지는 선이 박수지와 닮은 것 같기도 했다. 웅이가 핸드폰을 가까이 끌어왔다.

"근데 왜 여기서 이러고 계세요? 왜 집을 나오셨는데요? 아니, 왜 안 돌아가셨어요?"

웅이의 목소리는 작고 빨랐다.

"나는 우승하면 짠, 하고 나타날 거야. 그러면 선물 같고 좋지 않겠어요?"

선물이라니. 그 말은 섬뜩하면서 동시에 서글프게 들렸다. 가슴 언저리가 묵직해졌다. 본 적도 없는 박수지가 걱정되었다. 한편으로는 1억을 타면 이 정도는 감당할 만한 거 아닌가 싶은 마음도 들었다. 그런 사연을 방송에서 떠들어댈 정도면 애초에 각오한 게 아닌가. 아버지를 찾으려는 생각도 어느 정도 있었던 거 아닌가. 걔 생각을 내가 알 게 뭐람. 그러나 웅이는 아저씨의 잔을 채우며 이것저것 캐물어댔다. 호기롭게 밝힌 것과는 달리 아저씨는 아무런 대답도 하지 않았다. 웅이가 입을 다물자 테이블이 조용해졌다. 아무도 손을 대지 않은 고기는 새까맣게 타들어가고 있었다. 아저씨가 그것을 노려보았다.

"지금 이 순간에도 의미 없이 죽어가고 있는 생명을 위해 기도합시다."

아저씨의 시선을 따라간 웅이가 젓가락으로 십자가 모양을 만들며 엄숙하게 말했다.

*

탁.

아저씨가 잔을 세게 내려놓는 바람에 사방으로 술이 튀었다. 그는 요란하게 의자 끄는 소리를 내며 자리에서 일어났다. 갑자기 술이 깬 것처럼 보였다. 우리는 꿈에서 깨어난 것처럼 어깨를 떨었다. 사람들이 이쪽을 힐끔거렸다. 우리의 표정을 본 아저씨가 별안간 웃음을 터트렸다.

"거짓말이에요."

"네?"

"나는 이제 집에 돌아갈 거예요."

"뭐라고요?"

웅이가 핸드폰을 힐끔대며 황당하다는 듯 물었다. 아저씨는 대답 없이 다시 백팩을 멨다. 어느덧 3시였다. 뭘 더 묻기도 전에 그는 검은 우산을 휘두르며 가게 문으로 빨려 들어가듯 나가버렸다. 반짝거리는 간판 불빛들이 멀어지는 그를 순식간에 삼켰다. 밖에서 들어온 바람 때문에 몸이 약간 차가워졌다. 여기서 다시 만나서 그런 건지는 모르겠지만, 어쩐지 그가 집으로 돌아가지 않고 오랫동안 거리를 떠돌 것 같다는 느낌이 들었다. 문득 떠오르는 장면이 있었다.

그날 나는 피아노 학원에 가지 않고 문방구 앞을 알짱거리고 있었다. 사지도 않을 거면서 종이 인형이나 코디 스티커, 캐릭터 카드 같은 것을 한참 만지작거리다 밖으로 나와 오락기를 구경하는 게 나의 일과였다. 드물게 의자가 비어 있었다. 내게는 딱 오락 한 판을 할 수 있는 동전이 있었다. 용기를 내 자리에 막 앉자마자 어디선가 초등학생들이 몰려드는 바람에 손이 미끄러졌다. 캐릭터는 화면에 등장하자마자 죽어버렸다. 야. 죽었으면 비켜. 매몰찬 말에 나는 울먹이며 자리에서 일어났다. 막 뒤를 도는 순간 이쪽을 물끄러미 보고 있던 아빠와 눈이 마주쳤다. 아빠는 잠시 머뭇거렸으나 나를 혼내지는 않고, 천 원을 쥐여주었다. 아빠는 돌아오지 않았고, 이틀 내내 집안 분위기가 이상했다. 나는 천 원에 대한 얘기는 숨기고 문방구의 오락기 앞에서 아빠를 만났다는 사실을 털어놓았다. 엄마는 나와 언니의 손을 잡고 곧장 동네 오락실로 갔다. 우리 공부방에 다니는 오빠 하나가 나와 눈이 마주치자마자 슬그머니 자리에서 일어났다. 번쩍이는 불빛, 사방에서 들려오는 화려한 효과음과 담배 냄새, 와자지껄한 웃음소리. 나는 노스트라다무스를 떠올렸다. 그곳을 샅샅이 뒤졌지만 아빠는 없었다. 막막한 듯 사람들의 등을 훑던 엄마의 시선이 펀치 기계로 향했다. 저거 해볼래? 엄마가 오락을 시켜주겠다는 말을 하는 건 처음이었다. 언니는 고개를 저었고 나는 고개를 끄덕였다. 나는 엄마가 쥐여준 동전을 밀어넣고 심호흡을 했다. 전구가 노란 빛으로 반짝이면서 음악소리가 크게 울렸다. 헝겊에 둘러싸인 펀치 기계가 올라왔다. 있는 힘껏 주먹을 날렸다. 타격감이 컸지만 기계는 아주 살짝만 넘어갔다. 점수를 보고 언니가 웃어서 조금 기분이 상했다. 막 돌아서려는 찰나 엄마가 동전을 밀어 넣었다. 사람들 몇 명이 이쪽을 쳐다보았다. 엄마가 손을 탈탈 털었다. 다시 한번 신나는 음악 소리와 함께 기계가 올라왔다. 그리고 펵, 아주 유쾌한 소리가 나며 기계가 넘어갔다. 점수가 마구 올라가기 시작했다. 저 아줌마 짱 세다. 누군가가 뒤에서 중얼거렸다. 며칠이 지난 뒤 아빠는 집으로 돌아왔다. 이상하게 그때가 기억이 나. 언젠가 언니는 내게 그렇게 말했다. 엄마는 그 잠깐도 도망칠 수 없었던 거야. 내가 뭐라고 대답했는지는 기억나지 않는다.

얼빠진 얼굴로 문을 쳐다보던 웅이가 자리에서 벌떡 일어났다.

"야. 저 아저씨 돈 안 냈어."

술 때문인지 모든 게 다 우스워 보였다. 히죽히죽 웃으며 봉지에서 스노 글로브를 꺼냈다. 뒤집어 흔들고 아래쪽의 버튼을 눌렀다. 삼천 원. 모형 위로 반짝이 가루가 떨어졌다. 빨파초 조명 때문에 가루는 더 미친 듯이 반짝이는 것처럼 보였다. 빨파초. 빨파초. 금속 테이블이 현란한 빛을 반사했다. 모형들은 행복하게 웃고 있었다. 그 위로 자꾸만 눈이 내렸다. 웅이는 다시 슬그머니 앉았다. 우리는 한참 동안 그것을 지켜보았다.

*

　모임 장소는 언니가 미리 예약해둔 경복궁 근처의 밥집
이었다. 가족들이 전부 모이는 건 오랜만이었다. 엄마는
언니와 함께 백화점에 가서 골랐다는 원피스를 입고 나타
났다. 패턴이 시원하고 화려하고 예뻤다. 아빠는 조금 어
정쩡한 자세로 엄마 옆에 서 있었다. 형부가 넉살 좋게 농
담을 걸자 아빠는 어색하고 순한 얼굴로 웃었다. 오는 길
에 근처 프랜차이즈 빵집에서 다급하게 구입한 케이크 상
자를 내밀었다. 내년엔 꼭 봉투로 줄게. 나는 확신 없이 덧
붙였다. 다슬이가 생일 축하 노래를 부르고 제 할머니와
함께 초를 불었다. 언니의 부탁으로 지나가던 직원이 사진
을 찍어주었다. 사진 속의 우리는 한 번도 서로를 상처 입
혀본 적 없는 것처럼 다정하고 상냥한 가족으로 보였다.
엄마와 언니는 밥을 먹는 내내 최근 방영 중인 일본 드라
마를 리메이크한 대만 드라마를 다시 리메이크한 드라마

에 대한 얘기를 했다. 아빠가 간간이 끼어들었다. 밥을 다 먹은 뒤 근처의 카페로 자리를 옮겼다. 인스타그램에서 유명한 레트로풍의 카페였다. 90년대를 콘셉트로 우아한 커피테이블 대신 밥상 같은 것이 자리를 차지하고 있었다. 천장은 일부러 마감을 하지 않아 골조가 그대로 드러났다. 사진보다는 덜 예뻤다. 구석에 셀카봉으로 핸드폰을 고정시키고 팥빙수를 먹는 여자애가 보였다.

"야, 너도 차라리 유튜브나 해보든지."

가운데 손가락을 내밀자 언니가 다슬이를 곁눈질하며 눈을 흘겼다.

"여긴 뭐가 이렇게 지저분하다니."

엄마가 얼굴을 찡그렸다.

"엄마, 요즘에는 이런 게 유행이야."

"일부러 인테리어를 이렇게 한다구?"

"응, 거친 느낌. 옛날 느낌."

언니가 티라미수를 떠먹는 다슬이의 숟가락을 뺏어 들었다.

"뭐 하러 그런 짓을 하는데?"

"자기 캐릭터를 만드는 거지."

숟가락을 돌려받지 못하자 다슬이는 잔뜩 입을 내밀고 아빠에게 핸드폰을 달라고 졸랐다. 아빠가 못 이긴 척 핸드폰을 건네주자 언니가 한숨을 쉬었다.

"그걸 왜 만드는데?"

"지가 제일 잘나고 유니크하고 싶은가 보지."

"그게 다 콘텐츠예요, 장모님. 예쁘게 만들고 포장해서 파는 거죠. 요즘 애들은 뭐가 돈이 되고 안 되는지 얼마나 잘 아는데요. 불편하지 않은 거만 선택적으로 얼마나 쏙쏙 잘 뽑아오는지 몰라요."

형부가 아는 척 덧붙였다. 짙은 고동색 밥상에 침이 튀었다. 나도 모르게 트레이에 있는 냅킨을 집어 그것을 닦아냈다. 난 요즘 애들을 정말 모르겠다. 엄마가 중얼거렸다.

"그래서 넌 언제까지 알바만 할 건데?"

담소는 충분히 나눈 건지, 갑자기 화살이 나에게로 돌아왔다. 아빠의 생일에도 정확히 이런 식으로 흘러갔다. 취직 다음은 결혼일 터였다. 그다음엔 집, 그다음엔 아이, 또 아이겠지. 집에서 일어나는 모든 싸움은 대개 동어 반복적인 구석이 있었다. 화해의 레퍼토리도 정해져 있었다.

"뭐 어떡해. 붙을 때까지 해야지."

"승부의 세계는 오 너무너무 냉정해."

다슬이가 흥얼거렸다.

"너 그거 무슨 뜻인지는 알아?"

"엄마가 이모는 할아버지를 닮아서 철이 덜 들었대."

다슬이의 시선은 핸드폰에 고정되어 있었다. 뛰고, 뛰고, 몬스터를 밟고, 아이템을 먹고, 떨어져서 죽는다. 소리만으로도 게임 안에서 벌어지는 상황을 짐작할 수 있었다. 글자도 못 읽는 게 뭐가 뭔지 다 알고 누르는 것 같아서 좀 신기하고 이상했다. 어디로 가야 할지 정확히 알고 있는 사람들. 언니 딸이라서 그런 걸까. 엉뚱한 생각을 하는 동안 침묵이 흘렀다. 창밖으로 시선을 돌렸다. 한 겹 유리 너머, 햇빛에 흠뻑 젖은 벚꽃잎이 반짝이 가루처럼 흩날리고 있었다. 경복궁 근처의 카페여서 그런지 비슷하게 부풀린 한복을 입은 사람들이 여기저기서 사진을 찍어대는 중이었다. 카페 안에서는 오래전에 유행했던 노래가 다른 가수의 목소리를 입고 반복되고 있었다. 돌고 돌고 돌고. 다 늘어진 테이프를 되감고 또 되감는 기분이었다. 멸망이 머지않은 걸까. 멸망의 풍경이 이렇게 한적하고 평화로워도 되는 걸까. 감지할 수도 없게 느리게 예쁘게. 이 모든 게 장난 같아서 나도 모르게 피식 웃어버렸다.

"언니. 내년에는 진짜 지구가 멸망한대."

"넌 옛날부터 황당한 것만 좋아하더라."

언니가 혀를 차며 힐끔 다슬이를 쳐다보았다. 다슬이는 핸드폰 속으로 빠져들 것처럼 고개까지 숙이고 집중하고 있었다. 언니가 다슬이의 손에서 핸드폰을 뺏어 들었다.

"아, 안 돼!"

"30분 지났어. 오늘은 끝이야."

다슬이와 나는 눈을 마주쳤다. 그러니까, 다 어디서 본 광경 같았다.

작가 노트

    기억은 나지 않지만, 작은엄마를 처음 만나는 날 나는 김건모의 '핑계'를 불렀다. 아마 세 살인가 네 살쯤이었을 텐데, 그게 내가 부른 최초의 유행가였다. 그 이야기는 일가친척들이 모일 때마다 두고두고 회자되고 있다. 흥이라면 누구에게도 뒤지지 않는데, 대체로 점잖은 우리 가족들은 대체 저 애가 어디서 온 거냐고 한다. 그리고 차영진 피라는 것에 만장일치의 의견을 보인다. 차영진은 나의 할머니다. 언젠가는 할머니에 대한 소설을 쓰고 싶다.

    나는 〈노래전사 마이크 보이〉라는 애니메이션을 보고 자랐는데, 잘 기억나지는 않지만 대충 송건모라는 소년이 마이크를 잡고 노래를 부르면 미소년으로 변신하게 되는 내용이었다. 그는 노래를 불러 갈등을 풀고 평화를 지킨다. '일과 이분의 일', '잘못된 만남', '마법의 성', '세상에 뿌려진 사랑만큼', '그 후로 오랫동안' 같은 유행가를 나는 송건모를 통해 알게 됐다. 송건모가 노래를 부르면 사람들은 분노와 원한을 풀고 물러나곤 했다. 나는 노래의 힘을 믿게 됐다. 우리 집에는 비디오가 5편까지밖에 없었기 때문에, 송건모가 결국 신분 차이를 극복하고 왕공주와 잘됐는지는 알 수 없지만 어쨌든 마이크 보이는 내 유년 시절을 풍성하게 만들어주었다.

이상하게 특정한 노래를 들으면, 그 노래를 들었을 때의 감정과 분위기, 냄새 같은 것들이 떠오르곤 한다. 누구와 있었는지, 무슨 대화를 나누었는지 같은 것들. '오락실'은 다시 듣지 않아도 기억나는 많지 않은 90년대 노래 중에 하나였다. 시험을 망쳤어, 오 집에 가기 싫었어. 정확하게 그 시절의 노래라고 장담할 수는 없지만 엄마와 함께 바자회에 갔던 것이 기억난다. 아마 뉴코아 옥상이었을 것이다. 초록색 바닥에 돗자리가 길게 깔려 있었고 그 위에 물건들이 산더미처럼 쌓여 있었다. 아줌마와 애들이 많았다. 나는 거기에서 실제로 물이 나오는 인형 샤워기를 샀다. 한동안 동네 친구인 송연이랑 인형 머

리를 감기며 놀았다. 물을 바닥에 흘려 혼나기도 했다. 송연이
는 중학생 때 미국으로 떠났다.

원고를 시작하기 전, 내가 기억하는 90년대의 노래들을 모두
하나씩 들어보았는데, '오락실' 가사를 다시 보고 깜짝 놀라고
말았다. 좀 불공평하다는 생각이 들었다. 소설이 할 수 있는 일
에 대해서 많이 생각하는 요즘이다. 모두에게 자리를 만들어주
고 싶다는 마음으로 썼다.

녹색극장

차현지

2011년 서울신문 신춘문예에 단편소설 「미치가 미치(이)고 싶은」이 당선되어 작품 활동을 시작했다.

어제 널 보았을 때

눈 돌리던 날 잊어줘

내가 사랑하면 사랑한단 말 대신

차갑게 대하는 걸 알잖아

오늘 널 멀리하며

혼자 있는 날 믿어줘

내가 차마 네게 할 수 없는 말 그건

사랑해 처음 느낌 그대로

이소라, '처음 느낌 그대로'

"그러나 어떤 결론에 도달하든 간에

그림 전체의 동시성은 변하지 않는 것이어서,

뒤바꾸거나 결론을 다시 내릴 수 있다."*

17

열일곱 살 생일. 열일곱 가지의 선물을 받았다.

첫 번째로 받게 된 것은 100송이 장미 한 다발이었다.

너무 커서 두 손으로 들기도 힘든 장미 다발을 한 아름 안

* 존 버거, 최민 옮김, 『다른 방식으로 보기』, 열화당, 2012.

고, 나는 두 번째 선물의 리본을 풀었다. 상자 안에는 색색깔의 CD 케이스가 들어 있었다. 세어보니 열일곱 장이었다. 우리가 함께 들었던 노래들이 들어 있다고 했다. 밤새 공CD에 음악을 굽느라고 한숨도 자지 못한 얼굴로 나를 빤히 들여다보는 너. CD마다 선곡한 플레이리스트가 적혀 있었다. 그중에서도 가장 좋은 건 이거, 라며 내어준 보라색 CD에는 내가 가장 좋아하는 노래들이 들어 있었다. 토이, 김현철, 윤상…… 그리고 이소라. 이어폰을 한 쪽씩 꽂고 한강변을 달리는 버스 안에서 듣던 음악들이 고스란히 한 장의 CD 안에 압축되어 있었다.

오늘 널 멀리하며 혼자 있는 날 믿어줘

녹색극장은 1830년에 니콜라이 1세에 의해 건축되었지만, 실제로 극장과 같은 형태를 띠게 된 것은 100년이 지난 1933년도쯤이었다. 처음에는 그리스의 노천극장과 같은 반원 형태였으나 점차 현대적인 건축물로 바뀌면서 원목 대신 합판을 사용했고, 무대의 가장자리에는 스피커가 장착된 라디오 타워가 들어섰다. 1989년에는 건물에 지붕

이 생겼고, 난방과 엔지니어링 통신이 순서대로 정비되었다. 1998년에는 정부 산하 기관으로 변경되어 많은 지역 축제와 공연들이 이루어졌고, 2002년 모스크바 정부는 음악 및 드라마 극장으로 분류, 현재까지 여러 가수와 배우가 등장하는 대형 극장 플랫폼이 되었다.

관중석에서는 모스크바강을 내다볼 수 있다. 먼발치에 강이 흐르고, 관객들은 무대 위에 반짝이는 배우를 지켜본다.

녹색극장이 신촌이 아닌, 모스크바에도 있다는 사실을 알게 된 것은 신촌역 3번 출구 앞에 있던 맥도날드가 폐점되었다는 소식을 듣고 나서다. 1998년 개점한 맥도날드는 약 20년간 운영되었다가 2018년에 폐점한다. 폐점의 이유는 한국에서 맥도날드라는 브랜드 가치가 하락된 탓이었지만, 본사 측에서는 단지 10년, 20년 단위의 계약이 끝난 것일 뿐이라고 일축했다.

31

나는 맥도날드가 없어지기 전, 그러니까 2017년에 마지막으로 신촌역 앞에 있는 맥도날드에서 너를 만났다. 우리는 새로 생긴 키오스크 앞에 서서 몇 분간 쩔쩔매며 햄버거를 골랐다. 너는 그날 애플파이를 먹다가 급체를 하는 바람에 모텔에서 쓰러졌다. 쓰러지면서 욕실 변기 옆의 플라스틱 휴지통을 부쉈고, 나는 그 소리에 잠에서 깼다.

　우리는 신촌의 모텔을 자주 찾았다. 거리상 나의 집과 너의 집의 중간이었으며, 우리가 함께 보내던 홍대 인근 지역이기도 했다. 신촌에는 모텔이 많다. 왜 그렇게 많은지는 모르겠지만, 정말 많다. 우리는 몇 번의 수고 끝에 그중 합리적인 가격에 환풍이 잘되는 모텔을 찾아냈다. 어떤 곳은 주말이면 호텔을 웃도는 가격을 부르기도 했고, 어차피 침대에만 있을 건데 욕조가 너무 큰 곳도 있었고, 어떤 곳은 두 명이 있기엔 너무 좁아서 숨만 쉬어도 호흡이 가빠지기도 했다. 우리는 가급적 좋은 모텔을 찾기 위해 여러 모텔을 옮겨 다녔다. 시도 때도 없이 모텔에 갔다는 방증이기도 했다. 헤어지고 나서야 서로를 찾는 일이 더 많아졌다는 게 조금 아이러니했지만, 그냥 아직은 내 몸이 다른 사람을 만나는 걸 겁낸다고 여기며 넘기곤 했다. 그건 몸의 생각이지, 나의 선택은 아니었다고. 충동적인 결심과 그로 인한 만남은 때로 내게 허망함을 안겨주었으나 그렇다고 해서 울적해지지는 않았다. 너와 내가 어쨌든 만날 수 있었으니까. 연락만 하면 바로 집 밖으로 나오는 네가 있었고, 문자만 보내도 신촌을 향해 택시를 잡던 내가 있었으니까.

없다가 있는 자리. 있다가 없는 자리.

18

마른침을 삼키던 건 우리가 헤어지던 날이었다. 우리는 921번을 타고 신촌으로 향했다. 일산에서 출발해 능곡고등학교를 거쳐 강변북로를 따라 합정 홀트아동복지회관을 지나서 도착지인 신촌로터리, 현대백화점 앞에서 내렸다. 정거장에서 횡단보도를 건너 맥도날드를 지나쳤다. 일식 돈까스집이던 무사시를 지나쳤다. 우리가 갈 곳은 정해져 있었다. 우리는 캐러멜 팝콘과 두 사람이 마실 수 있는 양이 담긴 엑스라지 콜라를 샀다. 녹색극장, 이라는 이름이 새겨진 티켓 두 장을 들고 영화관 내부로 들어갔다. 당시 유행하던 신파 멜로 영화를 주로 봤다. 2000년대 초반에는 그런 영화가 붐이었다. 시간이 뒤틀리거나 만남이 어굿나는 내용의 영화였다. 우리보다는 대여섯 살이 많은 주인공들의 대학생 시절이 나오는 장면에서는 손을 꼭 붙잡고 우리도 저렇게 될 수 있을까 속삭이기도 했다. 영화를 다 보고 나와서 이대 쪽으로 걸었다. 신촌 기차역 근처에 있던 민들레영토에 들렀다. 우리는 꼭 연인석에 앉았다. 연인석에는 하나의 기다란 소파 앞에 직사각형의 테이블이 놓여 있었고, 앞 소파의 뒷면이 한 좌석마다 가림막처럼 놓여 있었다. 우리는 핫코코아를 마시며 손을 녹였다. 오늘 본 영화는 그저 그랬어. 넌 그래놓고 펑펑 울었니. 그런 말들이 오갔다. 조도가 무척 낮았던 연인석의 한쪽 벽에는 흑백영화 이미지가 움직이고 있었다.

헤어지자.

네가 말했다. 나는 너의 말을 기다리고 있었다. 나는 바들바들 떨면서도 너의 소매를 붙잡고 있었다. 왜 끝내? 왜 네 맘대로 끝내. 그건 아니잖아. 나는 납득되지 않는다는 명목으로 너를 괴롭혔다. 너는 우울해 보였다. 그랬을 것이다. 우리는 그때쯤 다섯 번인가 여섯 번쯤 헤어지고 만나기를 반복한 상태였고, 너는 지칠 대로 지쳤다. 그래 보였다. 내가 잘할게. 나는 여지없이 또 허물어질 약속을 했다. 그건 우리가 더 이상 꺼내서는 안 되는 말이야. 그만 말해. 너는 단호했다. 그날만큼은. 그렇다면 우리는 왜 극장에 가서 영화를 보려고 했던 걸까. 너는 마지막 데이트라고 생각하고 나왔다고 했다. 마지막 데이트에 영화를 보고 민들레영토에 가서 함께 손을 붙잡고 한참을 앉아 있다 나왔는데, 그걸 다 계획했던 거라니. 심지어 버스를 탈 때에도 우린 이어폰을 나눠 끼고 이소라의 노래를 함께 들었다. CD플레이어는 네 것이었고, CD는 네가 선물해준 나의 것이었다. 나는 울었고 너는 우느라 주저앉은 내 등허리를 토닥이며 조만간 달라질 거야, 라고 자장가처럼 그 문장을 반복해서 말했다. 꼭 달라져야 해? 나는 콧물을 훌쩍이며 물었고, 너는 응, 이라고 답했다. 결심이 묻어나는 대답이었다.

그러나 헤어지는 건 그렇게 쉬운 일은 아니었다.

너는 다시 나의 집으로 왔다. 복도식 아파트였다. 너는 늘 그랬던 것처럼 바깥에서 창문을 열고, 가로로 줄이 그어진 쇠창살과 쇠창살 사이에 네 입술을 걸치고는 내게 말을 걸었다. 자고 있던 나는 네가 몇 번이나 내 이름을 부르고 있다는 감각을 알아차릴 듯 말 듯하며, 혹시 꿈에서 네가 나온 건 아닌지, 헤어진 네가 괜히 등장해 내 하루는 또 길겠구나 싶어서 그래서 울음이 터져 나올 것만 같은데, 그럼에도 이 꿈은 버텨야 된다고, 헤어지고 나서는 한 번도 꿈에 나타나지 않은 너였기에 꼭꼭 붙들고 싶어서, 잠에서 깨지 않으려 꾹꾹 참았다. 이게 꿈이 아니기를. 자고 있는 내 모습이 우습게 보여도 오늘만큼은 현실이기를 바라면서. 얼마 지나지 않아 따스해진 공기가 점점 피부에 닿는 기분이 들어 문득 눈을 떴다. 닫혀 있던 창문은 그대로였다. 네가 열어놓았을 때 들던 차가운 기운은 금세 사라졌다. 너는 오지 않았던 걸까. 이 모든 게 다 꿈이었으려나. 참고 있던 울음이 터져 나왔다. 좋은 것을 빼앗긴 아이처럼 울었다. 울면 상황이 되돌려질까. 다시는 오지 않으려나. 나는 혼잣말로 네게 묻고 또 물었다.

그 작은 방, 너와 내가 누우면 꽉 차는 침대에 누워서 우리는 애니메이션을 보거나 포카칩을 씹어 먹기도, 허벅지 안쪽을 핥거나 서로의 손톱을 만지면서 하릴없이 시간을 녹여낼 만한 사소한 사건들을 만들곤 했다. 네가 떠난 후, 그 방을 찾은 사람들은 더러 있었으나, 너처럼 오랜 시간을 점유했던 자는 없었다. 첫사랑이었고, 모든 것의 처음이 너였다. 그곳에 있을 때는 그 처음이 영영 깨지지 않

을 것만 같았다. 모든 사랑이 그러하고, 모든 헤어짐이 그
래왔지만 특히나 너는.

나는 사랑을 배반한다, 언제나.

헤어진다는 건 잠시 눈앞에서 보이지 않는 것뿐이라고,
너는 내게 말해주었다. 보이지 않는다는 것. 그게 참혹하
게 힘든 거라고, 아침에 일어나고 잠에 들 때까지 매 순간
을 막연한 기대와 끔찍한 절망 속에서 휘청거리는 거라고,
너는 말해주지 않았다. 다만 보이지 않을 뿐이라고. 나는
그 보이지 않음의 시간을 견뎌내기 위해 시간과 다투었고,
그 다툼의 상처는 나를 살아 있게 하거나 때로는 죽고 싶
어 하게끔 만들었다. 헤어짐의 시간이 끝이 나면. 더는 헤
어지는 중, 이 아니라, 헤어지기로 한 시점에 과거형의 마
침표가 찍히게 되면. 그래서 더 이상 우리를 우리라고 부
르지 않게 된다면. 그땐 다시 볼 수 있을지도 모른다고 나
는 스스로를 달랬다. 거짓이라는 걸 알면서도 그렇게 믿어
버렸다. 네가 없다는 걸 자각하게 될 때마다 자꾸만 입이
마르고 썼다. 그럴 때면 침을 꾹 삼켰다. 그리고 속삭였다.

잠시 보이지 않는 것뿐이야. 그 잠시가 영원이 되고 말리라는 당연한 결론은 잠시 밀어두었다. 그래야만 얼마간의 내가 살았다. 살 수 있었다.

27

아현동 웨딩 타운 쪽에 있던 네 집에 가기 위해서는 신촌을 거쳐야만 했다. 아트레온, 이라고 적힌 건물의 표면을 보며 나는 나도 모르게 네 손을 꼭 잡았다. 잡지 않으면 금방이라도 내가 어디론가 흩날릴 것만 같았다. 나의 육체가 전부 먼지로 변해서 풀풀 흩어져버리는 상상. 내 옆에 네가 있지 않고, 다른 누군가가 있다면 나는 그렇게 세계에서 사라져버리고 말 것만 같다는 느낌이 들었고, 그래서 네 손을 꽉 붙들었다. 너는 그런 나를 안심이라도 시키려는 듯 엄지손가락에 힘을 주어 내 손이 자신의 옆에 있음을, 나의 옆에는 언제나 네가 있다는 걸 알려주듯 내 손등을 쓰다듬었다. 여기가 원래 녹색극장이었다는 걸 알아? 나는 물었고 너는 당시 외국에 있어서 잘 모른다고 했다. 어디선가 한 번쯤 들어봤던 것 같은 대답. 갑작스러운 기시감에 현기증이 일었다. 내가 밟고 서 있는 땅이 정말로 딱딱하긴 한 걸까. 나는 대뜸 걸음을 멈추고 캔버스를 신은 내 발을 콩콩콩, 하며 제자리에서 뛰어올랐다. 너는 내가 무슨 짓을 하는 건지 잘 모르겠다는 표정이었다. 나에 대해 궁금한 게 생기면 네 이마는 얕고 작은 주름을 만들었다. 그러면 평소보다 눈이 조금은 더 커 보였다. 뭐 하는 거야? 너는 물었고 나는 그저 웃었다. 나는 안전했다. 네 옆에 있음으로 더 그러했다.

너는 내 수영장 같아. 나는 그 수영장 안에서 진을 치고 노는 중이고.

너에게 말했다. 사랑 고백이었다. 너는 픽 웃으며 그럼 내가 안전 요원이냐고 말했다. 그랬다. 너는 한 시절, 내게 안전을 쥐여주던 사람이었다. 너의 집에서 최대한 가까운 곳으로 나의 첫 자취집을 택한 이유이기도 했다. 대흥동에서 택시를 타면 5분 거리에 네 집이 보였다. 너의 집도, 그리고 나의 집도 파란색 철문을 통과해야 들어갈 수 있었다. 나는 우리의 만남이 그 파란 철문과도 같다고 여겼다. 녹이 슬어 제대로 닫히지 않을 때도 있지만, 한번 닫히면 자동으로 굳게 잠겨버리는 파란색 철문. 우리는 각자의 집을, 또 서로의 집을 마구 넘나들면서 여름을 보냈다. 에어

컨도 없는 네 집의 싱글 매트리스. 그것은 우리가 타고 있던 보트였고, 해가 길어도 볕이 들지 않는 네 방은 잔잔하고 고요한 바다였다. 우리는 해가 지고 달이 뜰 때까지도 일어나지 않고 매트리스 안에서만 시간을 보내기도 했다. 그해 여름을 우리는 그렇게 보냈다. 볕이 들지 않는 방 모서리에는 곰팡이가 쑥쑥 자라나고 있었고, 우리는 음습한 분위기에 취해 위스키를 마시면서 한나절을 보냈다. 네가 동네 어귀에서 집어 온 각종 집기에서는 사람의 냄새가 났다. 한동안 애정하던 물건을 아무렇게나 버리고 만 사람의 마음. 그런 것들이 하나둘 모여 네 집의 향을 대신하고 있었다. 그것은 축축하고 누린 냄새였다. 합판으로 만들어진 책상이 울상을 짓고 있는 것처럼 보이기도 했다. 누군가가 버린 매트리스를 오랫동안 쓰고 있던 네게 나는 새 매트리스를 사 주었다. 그날 너는 새 매트리스의 첫 손님으로 나를 택했다. 네 옆자리는 언제나 나일 것만 같았다. 그러리라 결심하며 사들인 매트리스였지만, 무더운 한 계절에만 가능했던 결속이었다.

31

신촌 CGV가 있는 높은 건물을 올려다보며 언덕길을 오르고 있던 내가 물었다. 이곳이 녹색극장일 때, 와본 적 있어? 너는 당시 유학생이었기 때문에 2000년대 초반 신촌 근방을 돌아다닌 적이 거의 없다고 했다. 그리고 다시 너는 내게 물었다. 너는? 나는 답했다. 녹색극장이 없어지기 직전 무렵에 많이 오곤 했다고. 너는 누구와 자주 왔느냐고 물었고, 나는 그때 당시 사귀던 애인과 왔다고 했다. 그건 당연한 거겠지. 네가 말했다. 쓸쓸한 대화는 아니었지만 덧붙여 말할 것도 없었다. 다시 천천히 오르막으로 눈길을 돌렸다. 우리가 가야 할 목적지가 눈에 보였다. 두 번만 더 도장을 찍으면 한 번이 무료인 쿠폰이 내 카드지갑에 꽂혀 있었다. 두 번만 더 오면 공짜야. 내가 말했고 너는 웃었다. 두 번이나 남았어? 그렇게 다녔는데 아직도 남았네. 나는 우리의 대화가 우습다고 느껴졌다. 볼품없다고. 이런 대화를 하면서 팔짱을 끼고 있는 건 왜일까. 지나가는 연인들이 하하하 웃으며 빠르게 지나쳤다. 우리도 저이들처럼 보일 수 있을까. 나는 문득 그런 생각을 하면서 너의 옆모습을 지켜보았다. 너는 무심한 표정으로 묵묵히

걷고 있었다. 하나 둘 하나 둘.

사귈 때와 다름없는 얼굴이었다. 다만 이 걸음의 목적
이 섹스로 수렴한다는 것 빼고는. 우리는 영락없는 연인의
모습으로 나란히 걷는다. 이것은 무엇일까. 그리고 이것이
무엇인지에 대한 생각을 계속하는 건 왜일까. 이런 생각을
지속하는 건 과연 좋은 일일까. 아니지. 아니겠지. 나는 속
으로 침을 삼켰다. 말을 삼키듯 침을.

28

헤어지자.

추운 겨울이 되었고 너는 말했다. 길바닥의 아스팔트처
럼 방바닥이 냉랭했다. 나는 네가 아끼는 걸 부수고 싶다고
말했다. 다 깨버리거나 부서뜨리고 싶다고. 그러나 너의 집
에는 네가 아끼는 물건이 아무것도 없었다. 큰돈을 들여 산
것도 없고, 다 누군가에게 받아 오거나 주워 온 물건들뿐이
었다. 약간의 울적함으로 포위되어 있던 그 물건들이 나를
방해할 거라고는 생각해본 적이 없었다. 그나마 네가 매일
쓰고 있는 물건으로 시선이 갔다. 호롱불처럼 생긴 작은 위
스키 잔이 보였다. 나는 잔을 들어 합판 책상에 내리쳤다.

유리 깨지는 소리가 났다. 나는 다쳤다. 잘게 부서진 유리 조각이 내 손가락 사이를 벗어나지 못한 채 검붉은 액체에 뒤덮였다. 핏방울이 방바닥에 떨어졌다. 나는 시원했다. 기분이 좋아졌다. 한 번도 느껴본 적 없는 감정이었다. 내가 얼마간 감상적인 태도로 내 앞에 펼쳐진 아수라장을 관찰하고 있는 동안, 너는 내 등 뒤로 다가와 나의 목을 졸랐다. 미친년이 이게 어디서. 한 번도 느껴본 적 없는 또 다른 감정이 내 등 뒤에서부터 나의 목을 졸라왔다. 웩, 웩, 하는 소리와 함께 우리의 바다는 급격하게 요동을 치기 시작했고, 나는 어떻게든 살기 위해 네 손아귀에서 빠져나오려고 안간힘을 썼다. 손에서는 계속 피가 흘러나왔다.

며칠간 아무것도 먹지 않은 내 정신은 점점 흐려졌다. 술을 마시기도 너무 많이 마셨다. 이러다가 정말 정신을 잃고 쓰러지면 어떡하지. 그렇게 죽어버리면 어떡하지. 고작 손이 찢어진 걸로 이런 나쁜 상상을 하면 안 되는데. 네 손아귀 힘은 점점 더 고약해지기만 했고, 나는 두 손으로 네 손목을 붙잡으며 떼어놓으려고 애를 썼다. 실랑이가 계속되던 어느 한 시점, 너는 내 손을 뿌리치더니 내 따귀를 때렸다. 정신 좀 차려 제발! 뺨은 곧장 부풀어 올랐다.

나는 더 이상 싸움을 지속할 힘이 없어 종이 인형처럼 풀썩, 그 자리에 그대로 쓰러졌다. 네가 핸드폰을 들고 어디론가 전화를 걸었다. 얼마 안 있어 119 대원들이 나를 들쳐 업고 응급실로 데려갔다.

29

나는 네게 끌려가는 와중에도 그 추운 겨울날을 떠올렸다. 모두들 내게 왜 정신 차리라고 말하는지 알 수 없었다. 너 역시 그랬다. 곧고 정확하게 하지 못한 리스트 컷. 핏물이 스며든 붕대가 내 손목에 친친 감겨 있었다. 네가 엉성하게 매어준 붕대였다. 너 같은 년은 정신 좀 차려봐야 해. 너는 모텔에서 뒤따라 나온 나의 머리채를 붙들고 아트레온 극장까지 저벅저벅 걸었다. 나는 아스팔트 언덕에 등이 쓸린 채 어디론가 끌려갔다. 새벽 5시 반, 인적은 드물었다. 24시간 동안 여는 맥도날드 앞에 가서야 안에 있던 사람들이 전면 창 너머로 우리를 구경했다. 무슨 일이라도 난 것처럼. 진짜 무슨 대단한 일이 일어나기라도 한 것처럼. 나는 어느 정도 체념한 상태였다. 뭐 때문에 이렇게까지 화가 난 걸까. 왜 나는 언제나 이런 장면을 만드는 걸까. 이해가 되지 않았지만 분명 내 탓도 있을 거라는 생각에 잠자코 네가 움직이는 대로 움직여졌다. 발뒤꿈치가 아스팔트에 닿아 조금씩 까졌다.

죽고 싶다는 말을 한 죄. 죽어버리겠다고 엄포를 놓은 죄. 너는 내게 벌을 받아야 한다고 했다. 함부로 그런 얘길 해버리고야 마는 내가 너무 밉다고 했다. 하지만 나는 진심이었고 그것은 엄포나 배짱이 아니었다. 그러나 내가 아무리 변명을 한다 해도 그건 변명으로밖에 들리지 않을 것이었고, 네 죽어버린 친구를 떠올리게 했다는 사실은 변하지 않았다. 자살이 그렇게 쉬운 줄 알아? 한번 죽어봐. 진짜로 죽어보라고. 너의 말은 진심이었을까. 네 신발이 내 머리에 닿았을 때, 어쩜 아무렇지도 않게 새벽길을 걷는 사람들 틈에서 네가 날 밟고 있을 때, 나는 그렇게 밟히면서도 아무런 대응을 하지 못했다. 그저 커다란 창에 비친 내 몸을 멀거니 바라보는 수밖에. 내 팔목에는 그날의 흔적이 고스란히 흉터로 남아 있다.

18

그대 영혼은 선택된 풍경.*

나는 복도 난간에 고개를 내밀고 서서 멈춰 있는 겨울의 동네를 바라보았다. 불가역한 과거의 어떤 날들을 떠올렸다. 이를테면 복도 계단을 반쯤 올라가선 아무도 움직이지 않는 어둠 속에 우리 둘만 있었던 것을. 엘리베이터를 타기 위해 누군가가 걸어오면 곧장 다음 계단으로 올라가거나 내려감으로써 우리를 숨겼던 것을. 서로에게 쉿, 하며 움직이지 말라는 당부를 눈짓으로 했던 것. 등이 미약한 빛을 뿜으며 켜지고, 엘리베이터를 탄 사람이 버튼을 누르는 소리가 들리고, 천천히 문이 닫히는 것을 가만히 지켜보던 것을. 그런 것들.

방학이 끝나고 학교에 모인 아이들이 운동장에 일렬로 서서 아침 조회를 받고 있는 소리가 들렸다. 나는 조회가 다 끝나면 학교에 가려고 조금 더 누워 있었다. 집에서 학교까지는 10분이 채 안 되는 거리. 나는 오늘 너를 볼 수 있을까. 그런 기대로 조금은 들떠 있었다. 아직은 봄기운이 느껴지지 않는 3월의 어느 날. 동복 재킷을 입고 그 위

* 폴 베를렌의 시.

에 너와 맞춰 입었던 바람막이를 꺼내 입었다. 학교에 이 바람막이를 입고 다니는 애들은 우리 학년 중에 너와 나밖에 없었고, 우리가 커플이라는 걸 모두가 알고 있었다. 쟤네 저거 맞춰 입은 거래. 나는 수군대는 소리를 들으면서도 마냥 기분이 좋기만 했다. 너와 함께인 걸 매 순간 증명할 수 있어서.

1교시가 시작되기 직전, 담임의 눈을 피해 몰래 교실 안으로 들어갔다. 맞은편 반에는 네가 있을 것이다. 괜히 서성이며 앉지 않고 일어나 있었다. 어쩌다가 책상에서 일어나거나 책상을 향해 걷는 네 모습을 볼 수 있을까 싶어서. 혹은 그런 네가 의식적으로 나를 찾으려는 눈길을 느낄 수 있을까 하는 마음에. 그러나 야자를 할 때까지도 너는 내 눈에 들어오지 않았다. 나는 부러 네 반으로 갔다. 별로 친하지도 않은 친구를 보러 가는 척하며. 친구는 네가 오늘 학교에 오지 않았다고 전했다. 그렇구나. 나는 쓸쓸하게 돌아섰다. 너는 왜 학교에 나오지 않았을까. 나는 야자 시간 내내 네 걱정을 했다. 혹시 어딘가 아픈 건지, 갑작스럽게 이사를 간 건 아닌지. 그럴 리 없지만 그럴 수도 있다는 생각을 하며.

야자가 끝나고 터벅터벅 집으로 돌아가는 길. 아파트 입구에 비를 맞으며 서 있는 너를 발견했다. 왜 여기에 있어. 학교는 왜 안 왔어. 그러나 나는 말하지 못하고 다만 우산을 꼭 붙잡고 있을 뿐이었다. 너는 다가와 나를 네 몸 쪽으로 끌어당겼다. 그러고는 혼신의 힘을 다해 나를 껴안았다. 가슴이 짓무르는 듯한 기분이 들었다. 숨이 막혔지만 그대로 있었다. 네게선 술 냄새가 났다.

혼자 녹색극장에 갔어.

네가 말했다. 나는 우리의 녹색극장이 이제는 혼자만의 것이 되었다는 걸 깨달았다. 언제고 같이 갈 줄 알았던 장소가 각자의 장소로 바뀔 수도 있다는 것을.

혼자 버스를 타고 가려니까 어색하더라. 그런데 재미있었어. 영화를 혼자 본 건 처음이었는데 나름대로 괜찮았어.

네 입이 열리고 닫힐 때마다 역한 술 냄새가 뒤따라 풍겼다. 비가 오고 있어서 더 진하게 느껴졌다.

네가 없으니까 팝콘도 남고 콜라도 남았어.

그러게 왜 혼자 봤어.

그러게.

그러게.

우리는 서로의 말끝을 따라 하는 습관이 있었다. 그랬구나, 로 끝이 나면 그다음 사람이 바로 그랬구나, 라고 답하는. 헤어져, 라고 말하면 헤어져, 라고 답할 수밖에 없는. 말의 반복은 메아리처럼 들렸다. 끝을 헤아릴 수 없이 계속되는 에코처럼, 헤어지자는 말도 내 마음속에서 영원히 울렸다가 그치기를 반복했다.

러시아에도 녹색극장이 있는 거 알아?

시차가 있는 질문이 버젓이 공허한 빗줄기를 가르며 등장한다. 그러나 그 순간에 나는 러시아에 녹색극장이 있다는 사실을 알지 못한다. 우리가 자주 가던 맥도날드도 이제 없어질 거래. 그러나 나는 말하지 못한다. 맥도날드가 없어진다는 게 말이 되니? 난 도저히 납득이 안 가. 만일 그 사실을 알고 있었다면 나는 주저리주저리 말하겠지. 말도 안 된다고. 그럴 리가 없다고. 그러나 그것은 충분히 있을 수 있는 일이고, 나는 그 미래가 너무도 빨리 왔다고 생각한다.

너는 그날 밤 나의 집에서 잤다. 다음 날 우리는 같이 등교하지 않았다. 너는 후문으로, 나는 정문으로 방향을 틀었다. 아파트 단지의 작은 출구로 나오기 직전, 우리는 다시 또 볼 것처럼 가볍게 헤어졌다. 잘 가. 그래. 수업 잘 듣고. 너도. 짧은 인사 후에 우리는 다음 방학이 오고, 그다음 방학이 오고, 그다음 방학이, 그러다가는 수능 시험을 치르고, 짧은 방학 이후 졸업식이 올 때까지 서로에게 말을 걸지 않았다. 사실 연락하려면 연락할 수 있었으나, 둘 중 누구도 먼저 서로를 찾지 않았기에 그냥 그렇게 끝이 나버렸다. 끝은 그렇게 쉬운 것이었다. 서로의 말을 반복하느라 영영 대화의 결말이 없었던 날들은 모두 지난 일에 불과했고, 나는 이듬해 네가 새로운 애인과 동창회에 나타났다고 들었다.

나는 홀로, 이소라의 노래를 듣는다.

내가 차마 네게 할 수 없는 말
그건 사랑해 처음 느낌 그대로

34

광화문 커피스트, 이대 후문 커피빈, 스타벅스 오목교 역점, 신촌 무사시, 스트레인지프룻, 이리카페, 백마역 공원 일대, 교보문고 광화문점, 지하철 5호선, 크로우 이대점, 921번 광역 버스, 연남동 향미, 망원동 일산비빔국수, 경기도 피프틴, 호수공원, CGV 목동점, 마포만두 대흥역점, 아현동 충북통닭, 밤가시마을, 채널 1969, 무인양품 메세나폴리스점, KFC 마두점, …… 그리고 녹색극장.

1991년에 개관한 녹색극장은 단관이 아닌, 3개 관을 오픈해 멀티플렉스 시장이 생기기도 전부터 획기적인 시도를 했다는 평을 들었다. 후에 4개 관이 더 생기면서 총 7개 관으로 운영되었다. 2001년에는 한국영화전용관을 만들어 스크린쿼터제의 부목 역할을 했다. 녹색극장의 건너편에 있던 신영극장이 아트레온이라는 이름으로 바뀌기 전까지, 녹색극장은 신촌의 가장 활발한 복합상영관이었다. 14년간의 운영을 마친 녹색극장은 은평구 연신내로 거처를 옮겼고, 얼마 지나지 않아 메가박스가 녹색극장의 자리를 꿰찼다. 녹색극장은 현재 아트레온 CGV 신촌점과

메가박스 은평점으로 이름이 바뀌었다.

녹색극장이 사라진 자리. 신촌역 3번 출구 앞 맥도날드가 사라진 자리. 건물에 간판이 내려갔다가 새로운 이름을 달고 다시 붙고, 외관이 바뀌는 것을 목도할 때마다 나는 너를 떠올린다. 기나긴 여름밤, 폭우가 쏟아지는 장맛비를 맞으면서도 신나게 극장으로 뛰어가던 그날을. 나른함이 우리의 방문을 닫게 하고 창문만 열게 하는 그런 날에 아주 지독한 섹스를 끝마치고 얼마간 낮잠에 들었다가, 배고프지 않아? 하며 지갑만 달랑 들고 맥도날드로 향하던 그날을. 네 집에서 5분 거리에 있는 식당에 들어가 냉동 삼겹살을 구워 먹으며 챔피언스 리그 중계를 보던 날을. 마시던 위스키가 떨어져 급하게 와인을 사러 나가며 서로의 엉덩이에 손을 포개고 킥킥 웃었던 그날을. 그날들을. 나는 떠올린다.

러시아에도 녹색극장이 있대. 만일 그날들로 돌아간다면 나는 이 말을 꼭 하고 말 것이다. 지은 지 100년이 지나도 버젓이 그 자리를 차지하고 있는 극장이 있다고. 헤어짐도 부서진 것도 없이 멀쩡하게 그대로, 무언가가 녹슬지 않고 꿋꿋하게 버티고 있다는 것을, 그때의 내가 알고 있

다면 어땠을까. 지금의 내가 그때로 돌아가 우리는 헤어지
기로 했고, 모두가 나와 헤어짐을 겪어야 한다는 걸 알고
있었더라면. 영원하지 않는 것들을 상상한다. 그리고 영원
한 것을 상상한다.

　나는 언제나 배반한다, 장소를.

작가 노트

이 이야기는 전부 실화이며, 이 글에 등장하는 너는 다수의 인물로 이루어져 있다. 공간은 같고 시간은 서로 다르다. 우리는 어떤 장소를 탐닉할 때, 나와 함께한 상대가 바뀔 수도 있다는 가능성을 염두에 두고 그 장소를 사랑해야 할 것이다. 오늘 함께한 자와 영원한 추억을 만들 만한 곳은 없다.

어제의 내가 오늘의 너와 함께 내일의 장소로 이동하는 것. 세계는 그러한 장소들로 이루어져 있으며, 나보다 장소가 더 먼저 죽어버리는 경우도 허다하다. 그럼에도 오늘 너와의 만남을 기억할 만한 장소로 나를 데려가준다면…… 나는 언제나 환영이다.

그리고 탑처럼 그 위에 누군가와의 기억을 또 쌓을 것이다. 기억은 지워지는 게 아니라, 쌓여가는 것.

미래의 미래

허희정

2016년 《문학과 사회》 신인문학상에 단편소설 「페이퍼 컷」이 당선되어 작품 활동을 시작했다. 소설집으로 『실패한 여름휴가』가 있다.

기억해줘 내 마음을

언제나 바라만 보던 날

다가서지 못했던 내 모습이

초라해도 괜찮아 정말이야

너를 바라볼 수 있던 건

나에겐 기쁨이었어

너를 보내는 게

마음은 아프지만

먼 훗날 우리 만날 수 있다면

참아왔던 눈물 흘리겠지 오랫동안을

말해보지도 못했던 사랑으로

BoA, '먼 훗날 우리'

미래.

미래야.

정미래.

그렇게 불러도 미래는 돌아보지 않을 것이다. 그때와 다르지 않다. 너무 짧아서 묶이지 않은 머리카락이 늘어져 있다. 아마도 미래는 사랑에 대해서 생각하지 않았을 것이다. 가끔 그들이 함께했던 시간들을 떠올리더라도, 그건 그리 길지 않은 시간이었을 것이다. 지나간 일들에 마음을 기울이기에는 미래의 일상을 채우는 사람들이 너무 많았으리라고, 사랑은 함부로 짐작한다. 그들이 서로를 골똘히 생각하고 열렬히 궁금해하던 것은 이미 먼 과거의 일이다.

아뇨, 안 된다니까요. 저번에 필요한 서류 목록 챙겨드렸잖아요. 그거 먼저 준비해 오세요. 그러면 정말 금방 해드릴 수 있어요. 아니요, 그러시면 제가 곤란해요. 주민센터의 낡은 카운터 너머로 보이는 미래의 얼굴은 조금 낡은 것 같다. 단호한 목소리 사이에 피곤이 짙게 배어 있다. 이렇게 단호하게 말하는 사람은 아니었던 거 같은데. 사랑은 자신이 알던 미래를 떠올린다. 미래와 한동안 실랑이를 벌이던 민원인은 아무래도 무언가 마음에 차지 않은 듯, 중얼중얼대면서 사라진다. 사랑은 손 안의 번호표를 확인한다. 사랑의 차례가 오려면 아직 제법 시간이 남아 있다. 이렇게 마주치고 싶지는 않았는데, 그렇지만 이미 일어난 일을 바꾸는 것은 너무 어렵다. 그건 사랑에게조차도 쉽지 않은 일이었다.

이상한 일이었다. 사랑은 미래에 대한 것이라면 그 어떤 사소한 것이라도 다 알고 있다고 믿었다. 그러나 그 믿음이 사실이 아니었음이 드러나는 데에는 그리 오랜 시간이 걸리지 않았다. 이를테면, 사랑은 미래가 마지막으로 한 말을 도무지 기억을 해낼 수가 없었다. 그날의 공기, 그날의 풍경, 반쯤 틀어진 채로 놓여 있던 책상의 위치와 책상 상판을 정확히 반으로 가르던 햇빛의 구획, 쏟아지는 빛 속을 떠돌던 먼지의 개수 같은 것들은 잊어버리려고 해도 잊히지가 않는데, 그날 그 시간 초침과 분침이 정확하게 겹치던 바로 그 순간에 미래가 한 말만큼은, 고작 며칠 전의 일 같은데도 도저히 기억을 해낼 수가 없었다.

틀어둔 TV에서 뉴스가 나오고 있었다. 다음 소식입니다. 지난 몇 년간 무분별하게 발행되어온 시공 이동 자격증의 오남용으로 인한 문제가 점점 커지고 있다는 지적입니다. 특히, 자격증 소지자들의 인허가 되지 않은 타임 트래블로 인해 사회 각 방면에서 혼란이 빈번하게 발생하고 있다는 점이 주된 문제로 지적되고 있습니다. 이 중 일부는 20××년에 기록된 미확인 비행 물체와도 연관이 있는 것으로 밝혀져, 추후 결과가 주목되는 바입니다. 한편, 국회에서는 관련 법안의 개정 및 조율과 더불어 비인가 타임 트래블에 대한 규제를 더욱 강화하기로 하였습니다.

아나운서의 목소리는 마치 배경음악처럼 귓바퀴의 오목한 틈 사이에 잠시 머물렀다가 흘러가고 만다. 사랑은 눈앞의 광경을 멍하니 바라본다. 사랑의 시야에는 어떤 구체적인 상도 맺히지 않는다. 사랑은 초조한 마음을 지울 수가 없다. 미래를 다시 만나고 며칠 지나지 않아, 사랑은 주민센터에 담당자를 바꿔달라는 요청을 했었다. 그러나 사랑의 요청은 수리되지 않았다. 사랑은 생각에 잠기고, 어떤 문장들은 머릿속에서 지워지지 않는다.

우리는 미래에 살고 있습니까.

그거 진짜 타임머신이면 어떡해? 진짜로 사람들이 다 죽었을까? 어느 날 하굣길에 미래가 그런 얘기를 했던 것을 떠올린다. 그거야 모르는 일이지. 사랑은 자신의 표정을 기억하지 않는다. 당장 미래로 갈 수 있으면 좋을 텐데. 시간이 좀 빨리 지나가면 좋겠어. 빨리 어른이 되어버리고 싶어. 미래가 그렇게 말했을 때 자신이 어떤 대답을 했는지도, 사랑은 기억해낼 수가 없다. 중간고사가 끝난 토요일, 미래의 침대 위에 쌓여 있던 만화책 더미, 결말 이렇게 되는 거 아냐? 라면서 농담처럼 던졌던 스포일러, 그건 아닐 거 같다고 웃던 표정. 그 만화는 긴 휴재 끝에 흐지부지한 결말을 맞이하고 말았다. 그러나 미래가 그 만화책의 마지막 권을 읽었는지, 그것도 사랑은 알 수가 없다.

*

　미래에게는 미래가 없다. 미래를 가지려고 한 적이 없기
때문이다.

　유독 어수선한 아침이었다. 교실 문을 열고 들어선 순
간, 미래는 무언가 이상한 일이 일어났다는 것을 직감했
다. 학교 안에 도는 소문이 늘 그러하듯이, 별것 아닌 일일
테지만 그럼에도 불구하고 무언가 신기한 일이 벌어질지
도 모른다는 예감이 들었다.

　야, 너 들었어?

　뭔데, 뭐 재밌는 일 있어?

　왜, 몇 주 전에 떨어졌던 거 있잖아. 그거 타임머신이 추
락한 거래.

　야, 말이 되냐? 누가 그래.

　아무튼 비행기는 아니랬어.

　그럼, 그 안에 있던 사람들은 어떻게 된 걸까?

　다 죽지 않았을까? 비행기도 추락하면 다 죽잖아. 이윽
고 아이들은 시간 여행을 하던 미래인이 과거에서 죽으면
어떻게 될지에 대한 자신 없는 추측들을 내놓기 시작했다.

미래는 자신의 책상으로 향했다. 사랑은 책상 위에 무엇인가를 펼쳐놓은 채로 골똘한 표정으로 무언가를 쓰고 있었다. 미래는 바닥에 가방을 내던지고, 책상 위에 엎드려 두 팔 사이에 얼굴을 묻었다. 책상에 기대 누워서 보는 교실의 모습이 좋았다.

학생들 사이에 퍼진 소문은 곧 교사들에게도 전해졌다. 얘들아, 세상에 타임머신 같은 건 없어. 어떤 소문이 돌아도 담임은 무관심한 태도로 그 소문들을 일축해버리기 일쑤였고, 그런 담임을 학생들은 신뢰하지 않았다. 하굣길에도 아이들은 여전히 추락한 타임머신에 대해서 떠들었다. 진짜일까? 진짜겠지. 그렇게 큰 소리가 났는데 말야. 다 거짓말일 수도 있잖아. 나, 일요일에 그쪽 갔었어! 그런데 전부 줄 쳐놔서 뭐 볼 수도 없게 해놨던데? 한번 불이 붙어 번지기 시작한 소문은 좀처럼 사그라들지 않았다. 사랑은 멀어져가는 아이들의 목소리로부터 시선을 거두지 못하고 있었다. 미래가 사랑의 어깨를 톡, 건드렸다.

왜, 무슨 일 있어?

아냐, 아무것도 아니야.

미래는 어깨를 한 번 으쓱하고 휴대전화를 꺼냈다. 야,

이현재, 어디야? 아, 그래? 그럼 우리 먼저 학원 가 있을 게. 조잘거리는 미래의 뒤통수가 조금씩 멀어져갔다. 사랑은 천천히, 미래가 있는 쪽으로 걷기 시작했다. 이현재, 걔네 반 애들하고 뭐 먹고 온대. 우리도 뭐 사 먹고 갈래? 사랑은 말없이 고개를 끄덕인다. 반걸음 앞에서 끝없이 조잘대며 걷는 미래를, 사랑은 말없이 따라 걷는다.

발레학원은 학교에서 그리 멀지 않은 곳에 있었다. 그 얼마 되지 않는 거리를 걷는 내내, 미래는 같은 반 아이들 사이의 소소한 다툼에 대한 이야기를, 엊그제 엄마를 따라서 마트에 갔다가 본 작은 강아지에 대한 이야기를, 요즘 들어 좀처럼 같이 어울리려고 하질 않는 이현재에 대한 이야기를, 어디선가 주워들은 입시 커트라인에 대한 이야기를 끊임없이 늘어놓았다.

학원에 도착하면 가장 먼저 하는 것은 옷을 갈아입고 수업이 시작할 때까지 몸을 푸는 것이었다. 레오타드 안으로 몸을 구겨 넣다 말고, 미래는 가끔씩 토슈즈에 코를 들이밀었다. 그러고는 꺄르르 웃음을 터뜨렸다. 오렌지 껍질을 깔 때마다 공기 중에 퍼져나가는 오렌지 과즙 같은 웃음소리였다.

아, 연습하기 싫다. 그냥 다른 사람 연습 구경만 하고 싶어. 구경만 해도 잘할 수 있게 되면 좋겠다.

네가 애냐, 그런 소리나 하게.

그럼 내가 애지, 어른이야?

이따가 집에 갈 때 아이스크림 사 줘.

알았어.

*

주민센터에 들어설 때만 해도 사랑은 별다른 걱정을 하지 않는다. 그러나 주민센터의 민원 접수 카운터에 앉아 있는 사람이 누구인지 알아차리고 유사랑은 당황하지 않을 수가 없다. 다시 마주치게 된다면 조금 덜 우유부단한 사람이 되어서, 조금 더 단호한 말투로 스스로를 말할 수 있는 사람이 되어서 만나고 싶었는데, 사랑은 이미 하나의 미래가 차단되어버린 것 같은 기분을 느낀다. 아니, 아직 차단된 것은 아무것도 없다. 이대로 돌아서 나간다면 미래와 맞닥뜨리지 않을 수 있을 것이다.

그러나 사랑에게 주어진 시간은 그리 길지 않다. 사랑은 자신에게 남아 있는 몇 가지 가능성들을 가늠해본다. 높은 확률로, 정미래는 유사랑을 알아보지 못할 것이었다. 그때의 사랑과 지금의 사랑은 체격도 체형도 표정도 생김새도 똑같지 않으니까, 그리고 그들이 나누어야만 하는 대화는 그리 길지 않을 테니까, 사랑은 높은 쪽의 확률에 걸어보기로 마음을 먹는다.

사랑의 도박은 반쯤은 성공한 것처럼 보인다. 미래가 앉아 있는 카운터로 다가가서, 신분증을 내밀고 용건을 간단하게 이야기한다. 사랑은 고개를 반쯤 숙이고 있고, 미래는 고개를 좀처럼 들지 않는다. 사랑은 미래의 손이 신분증을 받아드는 것을, 키보드를 두드리는 것을 본다. 당장 미래로 갈 수 있으면 좋을 텐데. 시간이 좀 빨리 지나가면 좋겠어. 빨리 어른이 되어버리고 싶어. 아니, 그건 별로 좋은 생각이 아닌 것 같아. 네가 어떻게 알아? 그냥, 알아.

시공 이동과 관련된 자격을 일반인이 얻을 수 있게 된 것은 그리 오래된 일이 아니었다. 그러나 자격증을 따려는 사람은 그리 많지 않았다. 자격시험을 위해 공부해야 하는 과목의 종류가 많고 그 양이 결코 적지 않다는 것도 여러 이유 중 하나였지만, 그중 가장 큰 이유는 과거 시점으로 실제로 이동하는 것은 법적으로 금지되어 있다는 점이었다. 결국, 자격증을 딴다는 것은 시간과 공간을 아우르는 복잡한 물리 법칙을 다른 사람들보다 조금 더 잘 이해하고 있다는 사실을 국가 기관에 의해 공식적으로 인정받는 것에 지나지 않았다.

정미래는 서류를 다시 한번 들여다본다. 오타는 없다. 전산 시스템이 뱉어낸 거짓 없는 오차 없는 정확한 문장들이 적힌 종이 너머로, 사랑은 미래의 얼굴을 훔쳐보았다. 미래의 시선이 자신의 전신을 훑는 것을 사랑은 느낄 수 있다. 짧은 침묵을 이기지 못하고, 사랑이 먼저 입을 연다. 혹시 더 확인해야 할 것이 있나요? 아뇨, 이제 거의 다 됐어요. 그러나 미래는 서류를 바로 건네주지 않는다. 종이 표면에 찍힌 울퉁불퉁한 망점 너머로, 미래는 무엇인가를 찾고 있다, 분명하다.

아는 풍경, 아는 사람들, 익숙한 건물의 구조, 철골의 낯익은 생김새. 새로울 것이 없는 풍경. 그렇게 하는 것이 가능하기만 하다면 두 번 다시 돌아오고 싶지 않았던, 그러나 돌아올 수밖에 없는 장소. 사랑이 돌아선다.

저기, 잠깐만요. 너 유사랑 맞지?

미래가 카운터에서 반쯤 몸을 일으키는 것을, 사랑은 고개만 돌린 채로 발견한다. 미래가 앉아 있는 카운터에는 정미래라는 이름이 또렷하게 적혀 있다. 너 나랑 같은 반이었잖아. 다시 돌아온 거야? 사랑이 할 수 있는 일은 별로 없다. 사랑은 어색하게 고개를 끄덕인다. 움직임이 뻣뻣하다는 것을, 느끼지 않을 수가 없다. 살짝 미간을 찌푸리고 있었던 미래가, 환하게 웃는다. 신분증 보면서도 설마설마했는데 진짜 너일 줄은 몰랐어! 여전히, 유사랑이 할 수 있는 것은 어색한 미소를 짓는 것뿐이다. 미래가 메모지를 집어 들어 무언가를 적는다. 나 지금은 일하는 중이라서 길게 얘기는 못 하거든. 내 번호 적어줄게. 연락해줘. 사랑은 얼떨결에 메모지를 받는다.

아마 저녁이면 미래는 집으로 돌아갈 것이다. 어쩌면 미래는 아직도 부모님과 같이 살고 있을지도 모른다. 엄마, 유사랑 기억 나? 중학교 때 나랑 예고 준비했던 애 있잖아. 나 3학년 때 전학 왔었던. 나 오늘 걔 만났다? 유사랑은 정미래가 할 법한 말을 떠올린다. 상상 속에서 미래의 어머니가 대답한다. 걔 좀 이상한 애 아니었니? 맞아, 애들하고도 말 잘 안 하고 그랬어. 졸업식도 안 왔을걸? 갑자기 이사 가서 아무도 어디 갔는지 몰랐는데, 갑자기 돌아왔대. 그리 어렵지 않게 예상할 수 있는, 굳이 예상하지 않아도 괜찮은 대화를 떠올리고 사랑은 조금 슬퍼진다.

며칠이 지나도록 유사랑은 전화를 걸지 않는다. 유사랑은 정미래에게 전화를 걸지 않는다. 메모지는 너무 작고 쉽게 구겨지고 잃어버리기 쉬운 물건이고 사랑은 반쯤은 고의로 미래를 분실해버린다. 유사랑은 전화를 건다. 그리 길지 않은 통화 끝에, 사랑은 원하는 바를 이루지 못한 채로 전화를 끊는다. 사랑은 판단을 할 수 없다. 그저, 정미래와 얼굴을 마주할 일이 가급적이면 적었으면 좋겠다고 바랄 뿐이다.

그러나 사랑이 바라는 일들은 좀처럼 이루어지지 않는다. 그것은 어쩌면 사랑이 이미 주어진 운을 너무 많이 써버렸기 때문인지도 모른다. 여름의 해가 진다. 그들은 우연히 마주친다. 야, 유사랑. 이름을 부르는 소리에 뒤돌아보니 미래가 서 있었다. 잠깐 산책을 나온 건지 편한 차림이었다. 어릴 때의 표정이 채 지워지지 않은 얼굴에 사랑은 조금 망설인다. 미래가 먼저 입을 연다. 짧은 대화가 오간다.

전화할 줄 알았는데, 안 하더라. 미안해. 이사 온 지 얼마 안 되어서 이것저것 정리할 게 조금 있었어. 그러나 그 짧은 말들 사이에서도 사랑은 길을 잃은 듯한 느낌을 받는다. 강아지가 미래의 발치에서 컹컹 짖어댔다. 나 강아지 키우고 싶어. 그런데 엄마가 안 된대. 미래가 말했던 것을 사랑은 어제의 일처럼 떠올릴 수 있다. 언젠가는 키우게 될걸. 그렇게 대답했던 것도, 사랑은 그리 오래되지 않은 일을 생각하듯이 떠올릴 수 있다. 엄마가 너 기억하고 계시더라구. 중학교 때 우리 집 자주 놀러왔던 개 아니냐면서. 언제 한번 시간 괜찮을 때 놀러 오라고 하셨어. 아, 그래. 사랑은 짧게 대답하고 입을 다문다.

말 나온 김에 지금 갈래?

미안해, 오늘은 안 될 거 같아.

사랑은 서둘러 덧붙인다. 오늘 어디 가볼 일이 있어서 그래. 다음에 갈게. 그러나 사랑의 억양과 어조와 말투와 목소리, 모든 것은 그저 불안정하게만 들린다. 미래가 사랑의 눈을, 불안한 눈을 빤히 들여다본다.

그래? 어쩔 수 없지. 그럼 다음에 꼭 놀러 와.

*

미래는 미래에 대해 의문을 갖지 않는다. 미래에게는 미래의 모든 일이 당연하니까. 해가 뜨고 지고, 달이 차고 이지러지고, 지구는 자전하고 행성은 공전하고 정미래는 정미래가 될 것이고, 유사랑은 정미래를, 사랑은 생각을 멈춘다. 들리지 않는 마음의 소리이지만 자칫 잘못 말했다가는 미래가 망가질 것 같아서, 사랑은 생각도 말도 멈춘다. 그러나 사랑의 미래는 언제나 불확실해서, 사랑은 궁금증을 도저히 거두지 못한다.

미래야.

그렇게 부르면 미래가 뒤돌아본다. 미래의 표정은 변화무쌍해서, 그것이 어떤 표정이라고 딱 집어서 말하기가 쉽지 않다.

미래가 보기에 사랑은 정말이지, 이상한 애였다. 사랑을 주라고, 사랑이 넘치라고 붙인 이름이라고는 하지만, 겉으로 보기에는 무뚝뚝하다 못해 냉랭해 보이기까지 했다. 가 끔씩 모든 걸 다 지켜보고 있다는 인상을 주기도 했다. 여자애가 좀 상냥한 면이 있어야지. 그런 말을 들으면 사랑은 일부러 더 부루퉁한 표정을 짓곤 했는데, 미래는 사랑의 그런 면이 멋있다고, 바보 같은 말을 바보 같다고 하는 점이 대단하다고 생각했다. 그리고 알고 보면, 사랑이 마냥 무뚝뚝하기만 한 것도 아니었다.

다만 신경 쓰이는 것은, 이현재가 유사랑을 몹시 싫어했다는 점이다. 이상할 건 없지만 평소 같은 일도 아니었다. 원래도 현재는 싫은 것들이 많은 편이었지만, 현재가 사랑에 대해 갖고 있는 껄끄러운 감정은 단순히 유사랑이라는 사람이 마음에 들지 않는 것만은 아닌 듯했다. 한번은 사랑이 매점에 간 동안 미래가 직접 현재에게 넌지시 질문을 건넨 적도 있었다.

너 사랑이 싫어해?

아니, 걔가 싫은 건 아닌데. 그냥 막 좋아할 수가 없는 거 같아. 솔직히 생각해봐. 예고 준비하는 애 얼마 없는데, 그중에 무용하는 애는 너랑 나밖에 없었잖아. 그런데 갑자기 경쟁자가 늘어난 거라고. 좋을 수가 있겠냐.

군이 우리 학교로 전학 오지 않았어도 입학시험을 치르러 가서 한 번은 마주쳤을 거라고 생각했지만, 미래는 군이 말을 보태지 않았다. 만약 사랑이 전학 오지 않아서 그들이 지금 마주치지 않았더라도, 언젠가는 사랑과 친구가 되었을 것이라고 미래는 생각했다. 그러면 어차피 너도 사랑이랑 같이 다니게 되었을걸. 그러나 미래는 아무것도 말하지 않았다.

*

사랑은 몇 번인가 미래로부터 연락을 받는다. 가끔은 초대, 가끔은 권유, 가끔은 요청. 사랑은 그중 어느 것에도 응하지 않는다. 사랑의 대답은 긍정도, 부정도 아닌, 가까운 그러나 오지 않을 미래를 소환하는 단어들로 이루어져 있다. 사랑은 작성해야 하는 서류를, 신고해야 하는 사항들을 생각하고 써야 하는 것들을 쓰지 않았을 때 겪게 될 일들을 생각하지만, 생각만으로는 아무것도 움직일 수 없다. 사랑은 주민센터 앞에서 되돌아오기를 반복한다. 미래

를 마주하고 싶지 않다. 미래를 마주하고 싶지 않다. 사랑
은 며칠 전의 전화 통화를 생각한다.

담당자를 다른 사람으로 바꿀 수 있을까요?

혹시 무슨 문제가 있었나요?

사랑은 말문이 막힌다. 미래에게는 문제가 없다. 문제가
있는 것은 사랑이다. 문제가 되는 것은 사랑의 사랑이고,
사랑의 미래이고, 미래의 사랑이고, 미래의 미래이며, 수
화기 너머에서 남자가 말한다. 여보세요? 아, 듣고 있어요.
혹시 끊으셨나 싶어서요. 그러나 결국 사랑은 대답을 해야
할 것이다. 사랑은 대답하지 못한 채로 전화를 끊을 것이
다. 사랑에게는 마땅한 대답이 없다. 그 누구에 대해서도,
사랑은 대답을 내놓을 수 없다. 주민등록을 옮기시지 않는
한 어려울 거예요. 지금 우리 구에 관련 업무를 처리할 수
있는 사람이 정미래 씨밖에 없거든요. 특별히 문제가 있는
것이 아니라면 관할 주민센터에서 처리하시는 것이 좋습
니다.

저녁 같이 먹지 않을래? 나 물어볼 거 있어. 휴대전화가
진동한다. 미래의 문자에 애매한 답장을 보내고, 사랑은
미래의 기분이 언짢아지는 것을 걱정한다. 사실대로 털어

놓지 않아서 일어날 일들을 염려하고, 사실대로 털어놓았을 때 생겼던 일들을 반성한다. 미래에게 조금 더 자세하게 설명을 했어야 했다고, 기분에 휩쓸려서 이야기를 꺼내는 게 아니었다고, 헤어지기 전에 제대로 인사를 했어야만 했다고 후회한다. 후회하지 않기 위해 했던 말들이 자꾸만 후회를 불러일으킨다는 것을, 사랑은 괴로운 마음으로 받아들인다.

*

야, 춥다. 나 내려갈래.

난 좀 더 있다가 갈래.

너 그러다 감기 걸리면 어떡하려고. 우리 시험 내일모레잖아.

그러나 미래는 좀처럼 옥상에서 내려갈 생각이 없는 것 같았다. 바람이 불 때마다 상가의 낡은 철문이 삐걱거렸다. 사랑은 내려가는 것을 단념하고, 어느샌가 철퍼덕 주저앉은 미래 옆에 자리를 잡고 앉았다. 체육복 바지 너머로 느껴지는 콘크리트가 무척 차가웠다. 문득, 미래가 말을 꺼냈다.

야, 이현재가 나 좋아한대. 어제 갑자기 문자로 그랬어.

…… 너는, 너는 걔 좋아?

잘 모르겠어. 시험 세 달 남았는데 이러는 것도 좀 웃긴 거 같고, 그런데 또 막 싫지는 않아. 근데 또 좋지도 않다? 너는 이게 뭐라고 생각해?

…… 내가 어떻게 알아.

미래는 키득키득 웃었다.

맞아. 나도 모르겠어. 솔직히 말해서 걔 못된 소리도 되게 많이 하고, 좀 심술궂고, 그렇잖아? 맨날 성적 얘기만 하고. 그런데 갑자기 저런 말을 한 게 조금 웃겨. 이상해. 나 시험 망치라고 그런 소리 한 거 같지 않아? 걔 그런 거 엄청 신경 쓰잖아.

사랑은 아무런 대답도 하지 않았다. 가을 밤공기가 제법 싸늘했다.

*

　사랑은 졸업식에 오지 않았다. 유사랑의 소식을 들었다는 사람도 없었다. 다만, 새 학기가 시작하고 한참 뒤에야 유사랑이 어딘가 먼 나라로 유학을 갔다는 소문이 돌았을 뿐이었다. 미래는 지역의 인문계 고등학교에 진학했고, 발레를 그만두었다. 예고 입시에 실패한 것은 현재도 마찬가지였다. 시험 결과가 나온 다음 날, 현재와 미래는 심하게 말다툼을 했고, 졸업식 날까지도 서로 한마디도 하지 않았다. 사랑은 그들 사이에서 누구의 편도 들지 않았다. 현장학습에서 돌아오는 버스 안에서 미래가 현재의 이야기를 하며 투덜거릴 때에도, 유사랑은 아무런 말도 하지 않았다.

　사랑아. 나 물어볼 거 있어.

　전화를 받자마자 미래가 꺼낸 말이었다.

　이것저것 생각을 해봤는데, 혹시 너 타임 트래블 한 적 있니?

　사랑은 대답하지 않는다. 사랑은 열일곱 살이 되던 해의 겨울을, 학원에서 다 같이 시험 결과를 확인하고 돌아가던 저녁의 공기를 생각하지 않는다. 중학생 때가 어땠는지 기억나지 않는다고 말할 때마다, 사람들은 도저히 이해할 수가 없다는 표정을 짓곤 했다. 어떻게 그럴 수가 있지? 혹시 머리를 크게 다치거나 한 적이 있니? 잘 생각해봐, 그러면 기억이 날지도 몰라. 그러나 그런 조언은 어떤 도움도 되지 않는다.

나 강아지 키우게 될 거라는 얘기도 네가 했었잖아. 아냐?

졸업식은 왜 안 온 거야?

나 전화 되게 많이 했는데. 담임한테 물어봐서 너희 집도 갔었어. 그때 처음 갔었는데, 정말 아무것도 없더라.

생각해보면 너는 항상 뭔가 다 알고 있었어.

거의 모든 게 네가 말한 대로 되었는데, 아직까지 몰랐다는 게 이상할 정도야.

그래도 네가 한 번쯤은 설명을 해줄 거라고 생각했어.

여전히, 사랑은 대답하지 않는다.

사랑은 조금 슬퍼진다. 사랑이 미래의 한 순간을 기억하지 못하는 것처럼, 미래도 사랑의 어떤 순간을 기억하지 못한다. 그때로 되돌아가면 기억이 날지도 몰라. 그렇지만 되돌아가는 방법은 없었다. 유사 이래 인간이 발명한 가장 뛰어난 타임머신은 가정법이었다. 그리고 그 자리를 차지하는 것이 바뀌는 일은 일어나지 않았다. 과거는 되돌아오는 법이 없었다. 다시 돌아올 수 있는 것은 미래뿐이었다.

　네가 언제 왔는지도 모르겠고 언제 사라졌는지도 모르겠어. 그리고 언제라도 사라질 것 같아.

　하지만 사랑은 더 이상 어디로도 도망칠 수 없다. 침묵이 계속된다.

　…… 왜 말해주지 않아? 우린 친구잖아.

　…… 그러면 넌 왜 믿어주지 않았어? 우린 친구잖아.

　사랑은 어렵게 입을 연다. 그렇지만 미래는 사랑이 무슨 말을 하는 것인지 알아차리지 못한다. 사랑은 전화를 끊는다. 휴대전화가 다시 진동한다. 그러나 사랑은 전화기 대신 베개 사이로 머리를 파묻는다.

*

　미래.

　미래야.

정미래.

정미래는 절대로 한 번에 대답하지 않는다. 미래, 미래야, 정미래. 미래는 사랑이 자신의 이름을 부르는 것을 몇 번이고 듣고 나서야 대답을 한다. 왜 불러. 미래가 키득키득 웃는다. 그렇지만 사랑의 얼굴에는 웃음기가 없다.

미래야.

왜 그래, 무슨 일인데. 미래의 눈은 휴대전화의 액정화면에 고정되어 있고, 미래의 두 손은 빠르게 움직이고 있다. 사랑은 그 모습을 잠시 지켜본다. 미래가 휴대전화를 닫는다. 미안해, 근데 왜? 뭐 할 말 있어? 사랑이 채 고개를 젓기 전에 휴대전화가 진동한다. 사랑의 입술은 뻣뻣하고, 매우 느리게 움직인다. 마치 슬로모션을 건 것 같아 보이기도 한다. 한참 뒤에야 사랑이 입을 연다.

나는 미래에서 왔어.

무슨 소리야.

진짜야, 나는 미래에서 왔어.

미래가 꺄르르 웃었다. 나 그럼 두 시간 있다가 뭐 하는지 알려줘봐.

그건 몰라. 나는 너네 집 말고 우리 집에 갈 거니까. 일어나지 않은 일은 나도 몰라.

에이, 그런 게 어딨어, 그러면 그냥 그 일이 일어나게 만들면 어떻게 되는데? 나랑 같이 우리 집에 가기로 하면? 알려줘, 그러면 믿을게.

사랑은 다시 입을 꾹 다문다. 미래 역시 아무 말도 하지 않는다. 미래의 얼굴에는 궁금증이 서려 있고, 궁금한 것들을 잔뜩 품고 있는 것은 사랑 역시 다를 바가 없다. 어떻게 하면 미래가 자신의 말을 믿을지, 사랑은 소리 없이 질문을 던져보지만 질문의 대답 역시 소리가 없고 그래서 사랑은 대답을 들을 수 없다. 곧 초등 취미반 수강생들이 계단을 올라올 것이다. 침묵 끝에 사랑이 말을 꺼낸다.

너 그 학교는 떨어질 거야. 다른 곳에 쓰면 어떻게 될지는 몰라. 그건 일어난 일이 아니니까. 너는 그 학교에 원서를 쓰게 될 거고, 그리고 떨어지게 될 거야. 아무튼, 그래.

떨어질 거 같아서 그래? 넌 나보다 훨씬 잘하면서 그런 말 하면 어떡해.

너 어차피 안 믿을 거잖아.

사랑아, 삐졌어?

미래의 휴대전화가 진동한다. 액정화면에 이현재라는

이름이 깜빡인다. 어, 잠깐만. 나 전화 받고 와도 돼? 사랑
은 현재의 이름 뒤에 붙어 있는 특수문자를 지워버리고
싶다고 생각한다. 학원 복도의 한쪽 구석에서 통화를 하고
있는 미래를 내버려둔 채로, 사랑은 빈 연습실로 들어가버
린다.

*

졸업식은 재미없었다. 미래는 졸업식이 끝난 후, 조금만
더 놀다가 가자는 친구들의 제안을 뿌리치고 집으로 돌아
왔다. 미래의 손에는 두 개의 졸업장이 들려 있었다. 미래
의 것, 미래의 것이 아닌 것. 교문을 나서면서 몇 번인가
전화를 걸어보았지만, 미래가 일부러 사랑의 집이 있다는
아파트 단지까지 한참을 돌아서 집에 도착할 때까지도 휴
대전화는 진동하지 않았다. 몇 번인가 전화를 걸고 다시
건 끝에야 사랑과 통화를 할 수 있었다.

너 왜 안 왔어?

미안해, 자느라고 전화 못 받았어. 어제부터 갑자기 열

이 나서. 담임이 많이 뭐라고 했어?

어, 장난 아니었어. 근데 많이 아파? 감기야? 담임이 나보고 너한테 졸업증서 갖다주라고 했는데, 나 지금 가도 돼?

어어, 나 지금 열나서 오면 안 될 거 같은데, 그냥 다음에 내가 가지러 가도 돼?

그래? 알았어.

미래는 전화를 끊는다. 사랑의 목소리는 마치 아픈 사람 같다. 그리고, 조금 쓸쓸하게 들리기도 한다. 미래는 문득, 사랑을 만나야만 한다는 생각을 한다. 미래가 일어난다. 미래가 움직이기 시작한다. 미래가 이동한다.

한 번 가보았던 길이어서 그런지, 찾아가는 길이 그렇게 어렵지는 않았다. 처음 찾아갔을 때에도 몇 번이고 벨을 눌렀지만 아무도 대답하지 않았다. 미래는 이번에는 사랑과 얘기를 할 수 있으면 좋겠다고 생각하면서 초저녁의 아파트 단지를 걸었다.

벨을 누르고 한참을 기다려도 아무런 반응이 없다.

미래는 다시 한번 벨을 눌렀다.

사랑아, 유사랑.

대답하는 사람이 없는 목소리가 크게 울린다. 딩—동.

딩—동. 벨소리가 차가운 콘크리트에 부딪혀 부서진다. 그러나 아무런 대답도 돌아오지 않는다.

미래는 기다리다 못해 결국 돌아섰다. 미래의 양손에는 여전히 미래의 것이 아닌 것들이 들려 있었다.

미래는 올라올 때와 마찬가지로, 엘리베이터를 타고 내려간다. 미래의 머릿속에는 물어보아야 하는 말들이, 들어야 하는 대답이, 미래의 말과 미래의 말이 아닌 말들이 이리저리 뒤죽박죽 섞여 있다.

엘리베이터 문이 열렸을 때, 미래는 놀라지 않을 수 없었다. 1층 로비에서 사랑이 엘리베이터를 기다리고 있었다. 아픈 기색 없이 맑은 낯은 어제 헤어졌을 때와 조금도 다름이 없었다. 너 아프다고 그런 거 아니었어? 사랑은 아무런 말도 하지 못했다.

사랑아, 유사랑. 미래가 사랑의 팔을 붙잡는다. 나, 그때 네가 한 말이 무슨 뜻인지 궁금해. 미래가 말한다. 사랑이 대답한다. 별 뜻 없어. 거짓말이야. 그렇지만 미래는 이제 거짓말이 거짓말이 아니라는 것을 안다. 그거 아니잖아. 어떻게 된 건지 얘기해주면 안 될까? 그러나 사랑은 대답 대신 미래의 손을 뿌리쳤다.

사랑이 달리기 시작한다.

사랑이 도망친다.

하지만 미래에게는 할 말이 있고, 들어야 하는 것들이
있고, 그래서 미래는 사랑을 놓칠 수 없고, 미래는 언제나
손이 닿지 않는 곳에 있었고, 원하는 것들은 좀처럼 이루
어지지 않지만, 그렇지만 운이 좋다면, 그렇지만 그래도 하
나쯤은, 하나라도 손에 넣을 수 있다면, 그렇게 할 수 있을
만큼 운이 좋다면, 그렇게 할 수 있을 만큼 운이 좋기를.

미래는 달린다. 한 번도 달려본 적이 없는 것처럼 달렸
다. 그러나 미래는 너무 느리고, 복도는 길었고, 미래의 달
리기는 좀처럼 끝나지 않을 것만 같다.

*

야, 전학생 있나 봐. 교실이 소란스러워지는 것은 금방
이었다. 봤어, 봤어? 여자야? 소식을 전한 아이가 숨을 돌
릴 틈도 주지 않고 질문이 쏟아진다. 두 명이던데? 한 명
은 남자 한 명은 여자. 그런데 누가 우리 반에 올진 모르

겠어. 야, 그럼 다른 반에 갈 수도 있는 거 아냐? 소란은 좀처럼 잦아들지 않는다. 미래의 옆자리는 비어 있고, 학생들은 빈자리를 힐끔거린다. 미래는 신경을 쓰지 않으려 하지만, 왠지 모르게 긴장되는 것을 멈출 수 없다.

야, 담임 온다. 누군가 외친다. 담임과 함께, 낯선 여자아이가 같이 들어온다. 유사랑은 정미래와 마찬가지로 긴장한 낯을 감추지 못한다. 그렇지만 사랑의 두 눈에 담긴 상은 또렷하다. 담임이 말한다. 마침 미래 옆자리가 비었으니까 미래 옆에 앉으면 되겠네. 미래도 예고 준비 하니까 둘이서 친하게 지내라. 아이들의 시선이 빈자리로 쏠린다. 사랑은 천천히 자리를 향해서 걷는다. 사랑이 가방을 내려놓고, 자리에 앉고, 학용품을 꺼내놓을 때까지, 미래는 일부러 시선을 피한다. 그들은 아무런 말도 하지 않는다.

미래는 미래를 별로 궁금해하지 않는다. 당연히 모든 일들이 지금 이대로 쭉 이어질 것이라고 믿기 때문이다.

미래의 미래는 계속될 것이다.

작가 노트

이 소설을 구상하기 시작할 때 읽고 있던 것은 아나이스 닌의 『*A Spy in the House of Love*』라는 소설이었다. 읽는 내내, 거짓말에 대한 이야기를 쓰고 싶다는 생각을 했다. 왜냐하면, 여자아이들은 거짓말 없이 자랄 수 없으니까. 그건 말하자면, 뼈를 자라게 하고 세포를 부풀게 하는 자양분 같은 것이다.

거짓말은 고사하고, 진심조차 말하지 않으려는 미래와 사랑을 어느샌가 무척 좋아하게 되어버리고 말았다. 그들이 좌표평면 위로 날아오를 수 있기를 바란다.

셋

이수진

2009년 무등일보 신춘문예에 단편소설이 당선되어 작품 활동을 시작했다. 장편소설
『취향입니다 존중해주시죠』와 소설집 『머리 위를 조심해』가 있다.

너에게 할 수 있는
나의 작은 배려는
너에 대한 그의 생각
말하지 않는 거야
지금 이 무대에서
그냥 퇴장하면 돼
이제 주인공은 나야
더는 네가 아니야

너와 함께 웃고 있어도
그 앤 나를 생각할 텐데
그럼 네가 너무 비참하잖아

박지윤, 'Steal Away(주인공)'

나흔은 영현을 A.A.에서 처음 만났다.

안녕하세요. 알코올 중독자 김입니다.

중독자들이 자신을 익명으로 소개할 때 영현은 이렇게만 말했다.

안녕하세요. 저는 김영현입니다.

이나흔은 모임의 봉사자였다.

영현은 중독자들 중 가장 젊었고 또 아직 멀쩡해 보였다. 그래서인지 그는 자신이 '다른 사람'이라고 나타내기를 서슴지 않았다. 삶의 끝에서 시간을 되돌리기 위해 찾아온 이들과 달리 그는 삶의 도중에 있는 사람인 듯했다.

그렇기 때문에 A.A.에 어울리지 않았다.

　A.A.의 회원들이 익명으로 활동하는 까닭은 단지 사회에서의 자신을 감춰 참가를 용이하게 하기 위해서만은 아니었다. 자신을 내세우지 않는 것이야말로 진정한 겸손이기 때문이었다. A.A.에는 의무가 없는 대신 행동 강령이 있었고 그 지침은 오로지 겸손만을 바탕으로 했다. 열두 개로 이루어진 강령은 영적인 존재인 '신'에게 자신의 무력함을 고백하고 어쩔 수 없음을 받아들이는 데 있었다. 자칫 '신'이라는 존재의 인정이 A.A.를 기독교 단체처럼 보이게 했지만 그건 사실이 아니었다. 그들이 말하는 '신'은 기대어 의지할 만한 어떤 초월적 존재를 지칭했다. 그 앞에 무릎 꿇음은 끊임없는 자기반성과 자신으로 인한 피해의 구제를 불러왔다.

　A.A.의 중독자들은 '단주(斷酒)'라는 표현을 즐겨 썼는데 이미 끊어져버렸기에 이어갈 도리가 없음을 뜻했다. '금주(禁酒)'는 언제나 해금의 여지가 있는 말이어서 적합하지 못했다. '조절해서 마시면 된다'는 말만큼 중독자들을 두렵게 만드는 것은 없었다. 그들은 이미 정신적, 신체적, 사회적으로 고갈된 사람들이었다. 중독의 책임을 개인의 의

지에 돌리는 것은 그들을 하찮고 무능한 실패자로 매도하는 행위였다. 그것은 A.A.의 정신에 완전히 위배됐다.

영현은 금주라는 단어를 즐겨 썼고 의지라는 단어에 기대는 편이었다. 중독자들을 중독자로 만들고 중독자들을 이해하지 못하는 사회와 같은 시선을 가지고 있었기에 영현은 눈엣가시였다. 나는 아직 실패하지 않았어, 라는 영현의 눈빛은 감추어지지 않았고 그 역시 감출 생각이 없어 보였다. 영현의 참석에 대한 불평이 쇄도할 때쯤 중독센터의 봉사자들은 회의를 가졌다. 그들이 처음부터 영현을 제재하지 않은 것은 그를 방문객쯤으로 인지했기 때문이었다.

그러나 영현의 출석이 이어지자 봉사자들은 결론을 내려야만 했다. 자신을 중독자라 호명하지 않는 이의 '익명의 알코올 중독자 모임' 참가에는 이율배반적인 면이 있었지만, 영현은 그 모순까지도 즐기는 모양새였다. 대를 위해 소를 희생해야 하는가? 봉사자들은 그럴 순 없다고 생각했다. A.A.에 낙오란 존재하지 않았고 실수와 재기만이 그 자리를 차지했다. 무엇보다 A.A.는 준비된 사람들만 참여할 수 있는 모임이 아니었다. 중독자가 자신을 중독자라

인정하기까지는 오랜 시간이 걸리곤 한다. 기껏 이뤄낸 인정은 조절 망상에 의해 무너지기도 한다. 영현의 출석은 적어도 노력의 과정처럼 보였다.

자꾸만 넘어져서 무릎이 깨지다 보면 결국은 굳게 되어 있는 것이 세상의 이치였다. 영현의 거만한 태도는 미처 겸손하지 못함을, 그러므로 장차 겸손해질 수도 있음으로 해석되었다. 봉사자들은 인내심을 가지기로 결정했다. 하지만 나흔은 어쩐지 석연치가 않았는데, 영현이 모임에 나쁜 영향을 가져올 것이란 강한 확신이 들었던 까닭이었다. 나흔의 반대에 봉사자들은 놀란 듯했지만 순전히 직감에 의지한 그의 의견이 받아들여지진 않았다. 봉사자들 사이에서 나흔의 발언권은 보잘것없는 수준이었다.

나이가 어리고 여자라서 그런 것만도 아니었다. 봉사자의 대부분이 수년 이상의 단주를 해낸 중독자들이었다. 그들에겐 각자의 중독 서사가 있었는데, 아내와 자식을 때리거나 제 몸을 자해한 것은 이야기 축에도 끼지 못했다. 옷장에 소변을 누고 거실에 대변을 싸지르는 것은 예삿일이었고, 영구적인 기억상실을 겪거나 죽을병에도 죽지 않은 이들이 허다했다. 실상 더 강한 서사를 가진 이의 발언권이 강해지는 것은 바깥세상에서도 흔한 일이었다. 산전수전을 다 겪은 사람 앞에선 말을 조심하게 되는 것처럼.

　나흔은 7년 동안이나 단주를 이어가고 있었지만 대단한 서사를 갖지 못했다. 나흔이 단주를 결심하게 된 계기는 사소하다면 사소했다. 나흔이 처음 술을 마시게 된 것은 대학의 신입생 환영회에서였는데, 그가 앉은 테이블이 짓궂은 선배들의 표적이 되었다. 다른 동기들이 화장실로 달려가 변기를 부여잡을 때에도 나흔은 홀로 꿋꿋이 자리를 지켰다. 이것 봐라? 선배들은 나흔을 취하게 하겠다며 강짜를 부렸다. 이어 더 많은 소주와 더 많은 막걸리가 나흔 앞에 준비되었다. 나흔이 지독한 어지럼증을 느낀 건 2차로 갔던 노래방에서였다. 사람들의 절반이 빠지고 앞에 앉은 사람의 얼굴이 흐릿해 보일 때쯤 나흔은 맥없이 고꾸라졌다. 너 괜찮아? 낯선 남자가 나흔을 부축하듯 껴안았다. 정확히 그 시점에 암전은 일어났다.

　나흔이 눈을 떴을 때 그는 자기 집 침대에 누워 있었다. 어떻게 된 거지? 나흔은 얼떨떨했다. 나흔은 덜덜 떨리는 손으로 라면을 끓여 먹고 하루 종일 쓰러져 잤다. 새벽녘 깨질 듯한 두통에 눈을 떴을 때 나흔의 핸드폰에는 스무

통도 넘는 문자메시지가 도착해 있었다. 나흔을 찾는 듯 나흔을 찾지 않는 메시지들을 다 읽기도 전에 눈알 뒤편이 지독하게 욱신거렸다. 나흔은 전체 삭제를 누르고선 도로 잠을 청했다. 그가 훗날 후회했던 것은 그들 중 누구에게라도 그날의 일에 대해 물었어야 했다는 거였다.

개강을 해 학교에 가니 모르는 남자들이 말을 걸었다. 안녕, 너 그날 진짜 웃겼는데. 나흔은 어떤 반응을 보여야 할지 몰라 우물쭈물했다. 나흔은 의식적으로 사람들을 피해 다녔지만 대체로 성공하지 못했다. 학과 건물의 어디를 가도 누군가가 말을 걸었다. 안녕, 술 마실래? 나흔은 갑작스레 친밀감을 드러내는 사람들의 태도에서 불편함을 느꼈다. 기억하지 못하는 사이에 쌓인 친분은 나흔에게 아무런 의미가 없었다. 하지만 나흔이 자퇴를 결심한 것은 단지 불편해서가 아니었다.

며칠 뒤 나흔이 구관 화장실에서 나오는데 짧은 단발머리를 갈색으로 물들인 여자가 그를 붙들었다. 야, 너. 개 맞지. 나흔은 아는 사람인가 싶어 여자를 찬찬히 뜯어보았다. 그러자 여자가 나흔에게 쏘아붙이기 시작했다. 이게 선배한테 인사도 안 하네. 야, 너 남자가 그렇게 좋냐? 걸레 같은 게. 여자는 나흔의 어깨를 밀치고 화장실을 나가버렸다. 나흔은 놀란 나머지 한참이나 그 자릴 떠나지 못했다. 내가 왜 저런 말을 들어야 하지? 나흔은 마침내 화가 났다.

며칠이 더 지나자 나흔은 신입생 환영회에서의 일들이 자신에게 오명을 씌웠음을 알았다. 하지만 나흔은 어떻게 해야 하는지 몰랐는데 그날의 자신에 대해 몰랐기 때문이었다. 나흔은 말 그대로 알 수가 없었다. 아무에게라도 묻고 싶었지만 그럴 만한 사람도 없었다. 나흔에게 메시지를 보내거나 말을 걸었던 사람들 중 누구도 나흔을 아는 사람은 없었다. 심지어는 화를 냈던 선배까지도 나흔의 이름을 잘못 알고 있었다.

나흔은 짙은 암담함이 켜켜이 쌓여가는 것을 느꼈다. 그는 타인의 이름으로 추문의 중심에 서 있었다. 신학기의 소문은 캠퍼스의 녹음과 함께 우거져만 갔다. 학생들의 입성이 가벼워질수록 소문은 빠른 속도로 몸을 불렸다. 그것은 나흔이 구제 불능의 색광이며, 선배의 남자에게 꼬리를 치는 여우라는 내용을 담고 있었다.

나흔이 처했던 상황은 모호하되 잔인했다. 광합성을 하듯이 자라난 소문은 계절이 바뀌어도 사라지지 않았다. 희

셋

미해진 자리마다 그을음을 남겼다. 내가 대체 그날 무슨 짓을 한 거지? 어느 순간 나흔은 아는 것이 두려워졌다. 그 무렵 여름방학이 시작되었고 나흔은 사건의 진상을 알지 못한 채로 학교를 떠났다. 그가 그것을 알지 않기로 결정한 시점이 언제인지는 그 자신도 확신할 수 없었지만 체념 외에 다른 선택지가 없었던 것만은 분명했다. 이것이 나흔이 다시는 술을 마시지 않게 된 이유였다.

나 자신을 잃는 경험은 한 번으로 충분했어요. 다시는 겪고 싶지 않을 만큼 끔찍했어요. 내가 나 자신이 아닌 상태를 즐기는 게 얼마나 이상한 일인지 깨달으셨으면 좋겠어요.

나흔은 중독자들에게 자신의 서사를 축약하고 각색해 들려주곤 했다. 자신을 잃고, 순간을 즐기게 되고, 즐기다 못해 벗어나지 못하게 되는 사람들을 나흔은 안쓰럽게 여겼다. 나흔은 자신의 경험이 중독자들의 단주에 도움이 될 것이라 믿었다.

나흔은 소위 '필름이 나간 상태'를 한 차례 경험했을 뿐 중독자라고 하기 어려웠고 실제로도 중독된 적이 없었다. 그러나 나흔에게 필름이 끊기는 일은 죽음을 의미했다. 벌레들이 신체를 파먹어도 피할 수 없고 대응할 수 없는 무기력한 상태, 나흔에게 기억상실은 그런 것이었다. 그렇기에 나흔에게 영현은 구제 불능의 망나니일 수밖에 없었는데, 그가 기억을 잃는 것이 살아가는 데에 도움이 된다고 주장했기 때문이었다.

저는 알코올 중독자가 아닙니다. 여기 오는 건 그저 재미를 위한 거죠.

영현이 궤변을 늘어놓을 때마다 나흔은 귀를 막고 싶은 충동에 시달렸다. 뻔뻔한 태도에 질려 나흔이 손톱만 퉁기고 있을 때에도 영현은 느긋한 시선으로 중독자들을 둘러보곤 했다. 영현은 공공연하게 자신은 도움이 필요치 않다고 말했고 나흔의 눈에 그것은 사실이었다. A.A.에 대한 애정이 아니었더라면 오로지 영현을 보지 않기 위해 모임을 그만두었을지도 몰랐다. 나흔은 사람들이 그에게 속고 있다고 생각했다.

얼마나 되셨어요?

어느 날 모임이 끝나 나흔이 빅북을 챙기고 있을 때 영현이 말을 걸었다. 곧잘 받았던 질문이기에 나흔은 그것이 단주의 기간을 묻는 것임을 잘 알고 있었다. 그러나 귀찮은 마음이 들었고 사실대로 말해주고 싶지도 않았다.

왜요?

나흔은 뻣뻣한 태도로 반문했다.

제가 너무 어려 보여서요?

아뇨.

영현이 대답했다.

술 좋아하게 생기셔서요.

영현은 어깨를 으쓱해 보이고 자리를 떴다. 나흔은 어처구니가 없어서 잠시 멍했다. 몸을 움직여 책을 마저 집어모으기 시작했지만 테이블 위에는 영현의 말이 덩그러니 남아 맴돌고 있었다. 술 좋아하게 생긴 게 대체 뭐지? 나흔은 당혹스러워 화조차 나지 않았다.

이튿날 세수를 하며 거울을 들여다볼 때도 나흔은 그 말을 생각했다. 술 좋아하게 생긴 게 대체 어떤 거지? 주말이 지나갈 쯤에야 나흔은 결론을 내릴 수 있었는데, 그것은 다시는 영현과 말을 섞지 않으리란 다짐이었다.

하지만 그다음 주부터 영현은 본격적으로 나흔의 주변을 맴돌기 시작했다.

고작 필름 한 번 나간 걸로요?

영현이 묻자 나흔은 저도 모르게 미간을 찌푸렸다. 중독
센터의 누군가가 말해준 모양이었다. 나흔은 언짢은 기색
을 감추지 않고 들고 있던 서류철을 소리 나게 내려놓았다.

몇 번인지가 뭐가 중요하죠? 자신을 잃는다는 건 어쨌
거나 최악이에요.

모르시잖아요. 그게 얼마나 즐거운지.

즐겁다고요?

내가 나인데 내가 아닌 기분. 그런 거 느끼고 싶을 때
없어요?

필요 없어요. 가짜잖아요. 내가 아닌 모든 순간은 허상
일 뿐이에요.

영현이 픽 웃으며 나흔에게 물었다.

그쪽, 연애 안 해봤죠?

나흔은 얼굴이 확 붉어지는 것을 느꼈다.

영현의 무례함을 지적하기도 전에 A.A. 모임이 시작되
었다. 중독자들은 한 주를 어떻게 보냈는지를 보고하고 다
함께 단주를 다짐했다. 자리가 파하자마자 나흔은 부리나
케 일어나 움직였다. 영현과 부딪히지 않기 위해서였다.

나흔은 계단을 달리듯 밟아 내려 중독센터를 빠져나왔

다. 영현과 다툴 생각은 사라진 지 오래였는데 귀찮다기보다는 곤란했고, 곤란하기보다는 피로했다. 나흔은 트러블을 좋아하지 않아서 대부분의 언쟁을 효과적으로 피해왔다. 그동안 부지런히 도망쳐왔는데 이제 와서 붙을 이유도 없는 일이었다.

중독센터에서 멀어지자 나흔은 그럼에도 불구하고 영현에게 따져 물었어야 했다고 생각했다. 물론 생각뿐이었는데 나흔은 좀처럼 화를 내지 않는 사람이었기 때문이다.

저기요.

하지만 영현이 나흔의 어깨를 잡아 돌리는 순간 그의 안에서 뭔가가 툭 끊어졌다.

짧고 강한 암전이었다. 정신을 차렸을 때 나흔은 숨을 가쁘게 몰아쉬고 있었다. 횡단보도 앞이었고, 영현에게 손목을 붙들려 있었다. 중형차 한 대가 나흔의 발등을 밟을 듯 가까이서 지나쳤다. 멀어지는 경적 소리에 나흔은 머리털이 쭈뼛 섰다.

괜찮아요?

고개를 들자 영현이 나흔을 내려다보고 있었다. 나흔이 비틀거리자 영현이 그를 부축했다. 자신이 영현의 품에 안

기듯 기대 있다는 것을 알아챈 나흔은 얼른 몸을 일으켜 세우곤 옷매무새를 다듬었다.

무슨 일이세요?

그냥요.

영현은 눈매가 휘도록 웃어 보이며 히죽거렸다. 나흔은 당황스러웠지만 그는 재미있다는 표정이었다. 영현은 왼쪽 허공을 치어다보다 마음을 정한 듯 나흔에게 말했다.

저랑 같이 가실래요? 제가 어떻게 마시는지 보여드리고 싶어요.

영현과 헤어져 집에 돌아왔을 때 나흔은 괴상한 기분을 느꼈다.

한 시간. 고작 한 시간이었다. 곤란해하는 나흔에게 영현은 조건을 내걸었고 나흔은 제안을 받아들였다. 왜 그를 따라나섰던 걸까? 영현의 궤변에 넘어간 것은 아니었다. 영현은 봉사자라면 중독자의 곁을 지키고 감시해야 하는 것 아니냐고 늘어놓았으나 A.A.를 돕는 이들에게 그런 의무는 없었다. 반쯤은 오기였지. 나흔은 생각했다. 영현을 망신 주려는 심산이었으니까. 나흔은 기억상실이 멋지다고 말하는 이의 만취를 관찰하고 이튿날 그의 실수들을 상기시켜줄 생각이었다. 쥐구멍에라도 숨고 싶게 영현을 몰아붙이는 것, 그게 나흔의 계획이었다.

돌아갈까요. 즐거웠습니다.

나흔이 기억하는 한 영현의 음주에 특별할 것은 없었다. 그는 나흔이 침묵해도 신경 쓰지 않고 술잔만 기울였다. 영현이 값을 치르고 술집을 나서자 나흔이 뒤를 따랐다. 그게 다였다. 둘은 갈림길에서 헤어질 때조차 인사를 나누지 않았다. 그런데 어째서? 나흔은 어리둥절했다.

나흔이 그날의 기억에 얽매어 있는 건 순전히 자신 때문이었다. 출근해 사무실에 앉은 나흔은 금요일의 기억을 재차 더듬었다. 그날의 기억이 어쩐지 불분명했다. 세부적인 것들은 삭제되고 큰 덩어리만 남아 있는 것 같았다. 그럴 수가 있나? 나흔은 혼란스러웠다. 생각해보니 술은 입에 대지도 않았는데 취한 것처럼 눈앞이 흐려졌었다. 퇴근 시간이 다가오자 나흔은 뒤늦게 알코올의 기화성에 대해 생각해냈다. 나흔은 술자리 자체를 피해야겠다고 다짐했는데, 그건 그가 봉사자로서 중독자들에게 당부하는 내용이기도 했다.

그날 잘 들어가셨어요?

금요일이 되어 중독센터에 들어서는 길에 영현이 말을 붙였다. 나흔은 어쩐지 수치스러운 기분이 들었다. 나흔은 망설이다가 그날 이후 쭉 묻고 싶었던 것을 물었다.

제가 그날 술을 마셨나요?

그럴 리가요. 왜요?

나흔은 아무것도 아니라고 얼버무리곤 자리에 가 앉았다.

나흔은 새로 나온 사람들의 수와 기존 중독자들의 수를 헤아려 기록지에 기입했다. 지난주의 기억이 가물가물해서 머리를 쥐어짜야 했다. 모임 내용에도 집중할 수 없어서 나흔은 그 모든 게 지루하게 느껴졌다. 출구를 나서는데 영현이 그를 기다리고 있는 게 보였다. 영현이 다가오자 굳은 결심이 소리 없이 무너졌다. 영현과 얽히지 않겠다 다짐한 것이 무색하게 나흔은 그를 따라나섰다. 그 전주와 다를 바 없는 금요일이 시작되었다.

첫날과 달리 영현은 나흔을 칵테일 바로 이끌었다. 영현이 위스키를 마시는 동안 나흔은 논알코올 칵테일을 마셨다. 취해가는 영현을 보며 나흔은 복잡한 기분에 빠져들었다. A.A. 모임을 마치고 술집을 찾는 중독자와 봉사자라니.

나흔은 이런 행동을 하는 자신을 이해할 수 없었다. 영현은 혼자 술을 마시다 이따금 말을 걸어 나흔이 거기 있는지 확인했고, 나흔은 그때마다 자신이 거기 있음을 말해주었다.

이튿날 나흔은 더욱 희미해진 기억에 머리통을 부여잡았다. 왜 영현에게 꼼짝도 할 수 없는 걸까? 나흔은 그제야 그가 연애 얘길 꺼냈던 것을 떠올렸다. 나흔은 연애를 해본 적이 없었으며 필요성을 느끼지도 않았다. 그런데 잃어버린 기억의 자리에 호감이 들어선 것처럼 나흔은 휘둘리고 있었다. 누군가를 좋아하게 되면 이렇게 허술해지는 걸까? 나흔은 부정하고 싶었지만 영현을 만날 때에만 자신의 기억이 희미해지는 것에 대한 다른 원인을 찾을 수 없었다.

나흔의 밤잠이 돌아온 것은 영현의 술자리에 동행한 지한 달 만의 일이었다.

나흔 씨, 우리 만나볼래요? 우리 연애해요.

영현의 말에 나흔은 비로소 안도했는데, 자신의 예측이 맞아떨어졌기 때문이었다. 그래, 서로를 좋아해서 그랬던 거야. 이나흔은 김영현을 좋아한다는 가설이 김영현도 이 나흔을 좋아한다는 결과로 돌아오자 나흔은 기꺼웠다. 기억이 어떻든 영현을 만나고 돌아오면 기분이 좋았던 것도 사실이었다. 마치 가슴에 얹혀 있던 무언가를 내려놓은 것처럼 해소되는 게 있었다. 나흔은 기쁜 마음으로 연애 제의를 수락했고 두 사람은 연인이 되었다.

영현은 말도 못하게 로맨틱한 사람이었다. 퇴근 후 핸드폰을 붙들고 한참 통화를 한 뒤에도 나흔의 잠자리를 지킬 정도로 다정했다. 누가 먼저 끊을지를 놓고 실랑이하다가도 나흔은 먼저 잠들었는데, 눈을 떠보면 통화 시간이 한두 시간은 더 누적돼 있었다.

나흔 씨 잠들면 나도 곧 잠이 들어요. 난 그게 좋으니까 마음 쓰지 말아요.

나흔은 감동했고 영현의 상냥함에 깊이 빠져들었다. 서로를 좋아한다는 건 정말 멋진 일이구나. 이래서 다들 연애를 하는 건가 봐. 나흔은 생각했다.

나흔은 매사에 서툴렀지만 영현은 항상 여유로웠다. 영현은 나흔이 모르는 것들을 알고 있었고 나흔이 아는 것도 전부 아는 듯했다. 어린 시절 나흔이 겪은 상처부터 오늘 하루의 기분까지 모르는 것이 없었다. 나흔이 회사 사람 얘길 꺼내기만 해도 영현의 조언이 돌아왔다. 그의 말대로 하니 회사 생활이 한결 편해졌다. 영현은 틀린 말을 하는 법이 없었다. 누군가의 말대로 살아가는 것만큼 평안한 삶이 또 있을까? 그것이 완전히 옳은 결정이라면.

나흔은 영아기의 어린아이처럼 그를 받아들였다. 사소한 일상에서도 마찬가지였다. 영현의 제안대로 둘은 A.A.를 그만뒀고, 나흔도 술을 마시기 시작했다. 영현에게 장단을 맞춰주는 수준이었지만 나흔의 입장에선 큰 결심이었다.

이제 건망증 말고는 나흔을 괴롭히는 것이 없었다. 처음 나흔의 기억력은 영현에 한해서만 불성실하게 작용했지만, 사귄 지 두 달이 넘어가자 생활에까지 영향을 미쳤다. 나흔은 업무를 보다가도 까무룩 정신을 잃었는데 눈을 뜨면 아무 일도 없었던 것처럼 세상이 돌아가고 있었다. 손가락은 키보드를 떠나지 않았으며 옆자리 동료와 대화를 나누던 중이기도 했다. 잠들어버렸다기보단 순간이 사라진 것만 같았다. 대수롭지 않게 여기기엔 빈도가 잦아지고 있었다.

나흔 씨, 요즘 꽤 재밌어졌어. 얌전한 스타일인 줄 알았는데 말야.

어느 날 회사 동료가 말하자 나흔은 머리를 세게 얻어맞은 듯했다. 7년 전의 악몽이 불쑥 떠올랐다.

아무래도 병원에 가봐야 할 것 같아요.

나흔은 영현의 가슴에 기대어 한참을 토로했다. 술을 마시지 않아도 기억상실이 일어나다니 어쩌면 몽유병이나 기면증일지도 모른다는 생각이었다. 나흔은 불안했고 어찌할 바를 몰랐다. 평소처럼 영현이 길을 제시해주길 바랐다.

요즘 회사가 바쁘다면서요. 스트레스를 많이 받아서 그래요.

곰곰이 생각해보니 영현의 말이 옳았다. 나흔의 회사에서 큰 프로젝트가 진행되고 있긴 했다. 나흔의 업무 역시 덩달아 바빠졌고, 그에 따라 예민해졌을 수 있었다. 나흔은 영현의 말에 납득했으며, 비로소 깊이 안심했다.

이제 나흔은 영현 없는 삶이 두려웠다. 지나치게 행복하면 그것을 잃을까 불안해지는 것, 나흔이 생각하기에 그건 자연스러운 감정 같았다. 사랑하는 사람을 잃는 것이 신체 일부가 절단되는 것처럼 고통스럽다 했던가? 나흔은 수족 없이 기어 다니는 자신을 상상하곤 진저리쳤다. 나흔은 영현을 잃을 수 없었다. 생각만으로도 불경스러운 일이었다.

만난 지 석 달째가 되던 여름, 그날은 나흔의 생일이었다. 연인은 한 병의 와인을 나누어 마시곤 잠자리에 들었다. 영현이 평소보다 달콤한 말들을 해주어서 나흔은 기분이 좋았다. 시간이 멈추었으면 좋겠다. 나흔은 영현의 가슴에 기대 누워 그의 심장소리를 들으며 생각했다. 나흔은 그 밤에 더 머물고 싶었지만 눈꺼풀의 무게를 이겨낼 수 없었다. 천천히, 그러나 무겁게 졸음이 왔다.

나흔은 잠이 들었고 꿈을 꾸었다. 두 마리의 뱀이 밧줄처럼 엉켜 있는 꿈이었다. 커다랗고 하얀 구렁이가 작고 노란 뱀을 칭칭 감고 있었다. 노란 뱀이 괴로운 듯 몸을 마구 뒤틀었다. 노란 뱀이 곧 죽을 것만 같아서 나흔은 그것들 가까이 다가섰다. 그렇게 죽기에 노란 뱀은 너무 작고 연약해 보였다. 나흔은 노란 뱀을 살리기 위해 막대로 둘을 떼어놓았다. 노란 뱀이 고맙다는 듯 쉿쉿거리며 나흔의 주변을 한 바퀴 돌았다.

나흔은 흐뭇한 마음으로 노란 뱀이 떠나가길 기다리고 있었다. 자유로워진 노란 뱀이 흰 구렁이의 꼬리를 문 것은 그때였다. 흰 구렁이의 몸체가 노란 뱀의 몸속으로 천천히 빨려 들기 시작했다. 노란 뱀의 아가리가 놀랄 만큼 커다랗게 벌어졌다. 노란 뱀의 몸뚱이가 걷잡을 수 없이 부푸는데도 흰 구렁이는 아무것도 모르는 듯했다. 이윽고 흰 구렁이의 갈라진 혀끝이 노란 뱀의 입 안으로 서슴없이 빨려 들었다. 잠시 뒤 그 자리엔 노란 구렁이만이 남게 되었다. 그것이 나흔을 쳐다보았다.

나흔은 소스라치며 눈을 떴고 즉각 몸이 갑갑해진 것을 느꼈다. 영현의 코 고는 소리가 왼쪽 귓등으로 커다랗게 들렸다. 그의 팔이 나흔의 위쪽 가슴을 누르고 있는 게 보였다. 나흔은 그래서 그런 꿈을 꾸었구나 생각하며 슬그머니 영현의 팔을 밀어냈다.

으음, 가흔아…….

영현이 돌아누우며 웅얼거렸다.

나흔은 잠시 가만히 있다가 영현을 흔들어 깨웠다.

지금 날 뭐라고 불렀어요? 가흔이가 누구예요?

영현은 이맛살을 찌푸리고 눈을 끔뻑였다. 그는 픽 웃더니 머리를 베개 위로 떨어뜨렸다.

지금은 나흔 씨인가…….

셋

영현은 다시 코를 골기 시작했다.

나흔은 온몸의 피가 얼어붙는 듯했다. 가쁜 맥박이 관자놀이 어귀에서 뛰었다. 나흔은 침대에서 일어나 덜덜 떨리는 손으로 옷가지를 집어 입었다. 가흔. 틀림없이 가흔이라고 불렀다. 내 생일에 다른 여자의 이름을 부르다니. 나흔은 코를 고는 영현을 내려다보면서도 믿기지가 않았다.

나흔은 너덜너덜해진 마음을 붙들고 집으로 돌아왔다. 몇 시간 뒤 영현에게서 전화가 왔지만 나흔은 핸드폰을 던져버렸다. 다음, 그다음 날도 전화가 왔지만 받지 않았다. 한번 전화를 받지 않기 시작하자 언제 받아야 할지를 놓쳐버렸다. 나흔은 전화를 받자마자 그를 용서할 자신을 알고 있었다. 내키지 않는대도 도리가 없었다.

이때 나흔이 겪는 것은 실질적인 고통이었다. 결국 나흔은 매사가 불편해졌다. 깊은 무기력증을 느꼈고 모든 걸 잃은 듯 허탈했다. 나흔은 무엇에라도 기대야 할 것 같아 아귀 같은 손을 뻗어 A.A.를 거머쥐었다. 갑작스레 그만둔 자신의 무례를 사과하고 다시 시작할 생각이었다. A.A.는 잃어버린 나흔의 자존감을 되찾아줄 유일한 장소처럼 보였다.

그 주 금요일, 나흔은 다시금 중독센터로 향했다. 그러나 영현이 건물 앞에 서 있었다. 영현을 다시 보자 나흔의 가슴은 무너져 내렸다. 영현은 평소와 다름없이 여유로워 보였다. 잘 손질된 머리하며 깔끔한 옷매무새까지 그대로였다. 그걸 보니 나흔은 더욱 화가 났다. 망가진 사람도, 사랑을 잃어 고통스러운 사람도 자신뿐인 듯했다.

나흔은 뒤돌아 영현을 무시하려다 그를 향해 걸어갔다.

가흔이가 누구예요?

나흔 씨…….

나흔은 자신의 손을 감싸 쥐는 영현의 손을 뿌리쳤다.

나흔 씨, 전부 설명할 수 있어요. 가흔이란 사람은…….

영현의 말이 이어질수록 나흔의 몸은 굳어갔다.

거짓말, 말이 안 되잖아요.

거짓말이 아니에요. 정말이에요. 나흔 씨를 기만할 생각은 없었어요. 나흔 씨, 제발…….

나흔은 영현의 가슴을 두 손으로 힘껏 떠밀었다. 영현이 뒤로 주춤 두어 걸음 멀어졌다. 나흔은 등을 돌려 빠르게 걸음을 옮기기 시작했다. 그가 따라오지는 않았지만 무언가에 쫓기듯 했다.

차라리 제대로 정리하겠다고 했더라면.

나흔은 그만 울컥했다.

되지도 않는 헛소리를 늘어놓을 바에야.

나흔은 체한 사람처럼 위쪽 가슴을 두들기며 걸었다. 나흔은 팔다리를, 심장을, 머리까지도 잃어버린 사람 같았다. 하필이면 그 이름인 여자. 무언가 꺼림칙했던 기분은 그 탓이었던가. 가흔아, 안녕? 가흔아, 잘 들어갔어? 가흔아, 너 그날 진짜 웃겼는데. 네가 이가흔이야? 가흔, 가흔, 가흔. 세상에서 배제되고 도려내어진 기분, 나를 제외한 모두가 진실을 말하는 것만 같은 기분. 나흔은 그 끔찍한 기분을 그 이름으로 다시 겪게 될 것이라곤 상상도 하지 못했었다. 처참했다, 나흔이 사랑에 빠졌던 대가는.

나흔은 눈물을 닦지도 않고 편의점 유리문을 밀어 열었다. 손등으로 코를 훔치며 계산을 하곤 흐린 눈으로 집으로 돌아왔다. 나흔은 식탁에 앉아 소주병을 따고 들이켰다. 한 병, 또 한 병. 세 병을 다 비워갈 때쯤 나흔은 영현이 보고 싶어졌다. 다 용서해줄 테니 지금 제발 와달라고 애원하고 싶었다. 제발 와서 날 좀 안아달라고. 그때 나흔의 핸드폰에서 진동이 울렸다. 영현이 보낸 메시지였다.

나흔 씨, 미안해요. 나흔 씨가 싫어져서가 아니에요. 처음엔 그냥 장난이었어요. 술만 들어가면 가흔이가 나오는 게 신기해서 그랬어요. 그런데 나흔 씨와는 다른 느낌에 가흔이를 자꾸 찾게 됐고, 멈출 수가 없었어요. 나도 어쩔 도리가 없었어요. 내가 나쁜 놈이에요. 나흔 씨, 가흔이를 미워하지 말아요. 사랑에 빠지는 게 내 마음대로 되는 건 아니잖아요.

메시지를 읽은 나흔은 바닥 밑에 지하가 있다는 말을 떠올렸다. 나흔은 핸드폰을 내던지고 술잔을 밀어 엎었다. 어딘가로 떨어진 유리잔이 데구르르 굴렀다. 나흔은 병째로 입에 가져다 대고 소주를 들이부었다.

이제 나흔의 머릿속에는 한 가지 생각만이 떠올라 있었다. 죽을까. 그러면 이 고통이 끝날까. 나흔은 병을 내려놓으며 푸른 핏줄이 도드라진 왼쪽 손목을 응시했다. 죽어버릴까. 그러면 더 이상 아프지 않을까.

안 돼.

나흔은 깜짝 놀라 움직임을 멈췄다.

무슨 소리를 들은 것 같았는데, 사위를 둘러봐도 그곳엔 나흔뿐이었다. 취하긴 했는지 헛것이 들리는 듯했다. 나흔은 눈을 끔뻑거리다 마른세수를 했다. 얼굴에 닿는 손바닥의 감각이 확실히 둔해져 있었다. 나흔은 주춤거리다 술병을 다시 쥐었다. 그러자 목소리가 속삭였다.

죽으려면 혼자 죽어. 나까지 끌어들이지 마.

이번엔 착각이 아니었다.

나흔은 벌떡 일어나 두리번거렸다. 저도 모르게 누구냐고 물었다. 목이 잠겨 자신의 목소리까지 기묘하게 들렸다. 그 목소리는 낯이 익었지만 어딘지 낯설게 느껴지기도 했다. 마치 자신의 목소리를 녹음해 듣는 것만 같았다.

이제 알았다는 게 난 더 신기하다. 네가 잠들고 나서 했던 전화 통화, 널 의식에서 걷어내고 나눴던 밤들. 네 자릴 차지하려 내가 그동안 얼마나 노력했는지 넌 알까? 네가 네 존젤 포기하길 얼마나 바랐는지 몰라.

내가 미쳐가는 걸까? 나흔은 제 팔뚝을 세게 꼬집고는 외마디 비명을 내질렀다.

반지를 빼내기 위해 손가락을 자르는 장례업자의 마음이 이해되니? 금니를 뽑기 위해 시체의 입을 벌리는 사람들의 마음이. 죽어 있는 주제에 마땅한 것을 가졌다는 듯 뻐기는 자들을 나는 견딜 수 없었어. 넌 네가 너인 게 당연했겠지. 하지만 이제 그만 퇴장해도 돼.

목소리는 머릿속에서 울리는 것처럼 가깝게 들렸다. 나흔은 그 자리에서 잠시 휘청였다. 세수를 해야겠다고 생각했고, 취해도 더럽게 취했다 싶었다. 나흔은 비척거리며 몸을 틀어 화장실로 향했다. 그 순간 눈앞이 캄캄해졌다.

바닥이 꺼진 것처럼 나흔의 몸이 곤두박질치기 시작했다. 나흔은 팔다리를 허우적대며 길고 긴 비명을 내질렀다. 곧 어딘가에 내던져진 것처럼 나흔은 바닥을 두어 차례 굴렀다.

내 이름은 이가흔.

목소리가 말한 순간 발끝에서부터 종아리를 타고 낯선 감각이 기어올랐다. 그것은 괄태충 같기도, 누군가의 손길 같기도 했다. 나흔은 축축한 바닥을 기며 살려달라고 몇 번이고 소리쳤다. 그러나 상자에 갇힌 것처럼 메아리만이 메아리쳤다.

눈을 떴을 때 나흔은 세면대 앞에 서 있었다. 갓 세수를 마친 듯 말끔한 얼굴이 흥건히 젖어 있었다. 지독한 악몽이었다. 나흔은 잠에서 깬 것에 안도하며 깊은 한숨을 내쉬었다. 고개를 들자 거울 속 나흔이 활짝 웃고 있는 게 보였다. 내가 웃고 있었나? 나흔의 가슴이 덜컥 내려앉았다.

거울 속 나흔이 천천히 턱을 치켜드는 게 보였다.

거울 속 가흔이 우쭐거리며 내뱉었다.

이제 주인공은 나야. 더는 네가 아니야.

작가 노트

1

저는 사실 '작가의 말'을 쓰는 것을 별로 좋아하지 않습니다. 소설 외의 글을 잘 쓰는 편이 아니기도 하고, 지나치게 노골적이거나 교조적으로 해석될 여지를 남기지 않을까 우려되기 때문입니다. 요즘은 웹툰을 자주 보는데, 댓글들을 보면 어떤 이야기에서든 교훈을 찾으려는 독자들을 많이 봅니다. 소설은 재미있어야 한다는 데엔 완전히 동의하지만 (물론 그것이 어떤 재미인지는 독자가 찾기 나름이라고 생각합니다만) 꼭 무언가를 남길 필요는 없다고 생각합니다. 독자에게 영향을 미치고 싶다는 생각은 언제나 강렬하지만 그것이 삶의 교훈이어서는 안 된다고나 할까요. 사실 여운이라는 것은 감성적인 마음이라기보다는 옳아

붙은 감정의 잔해에 불과하다고 생각하는 편이기도 하고요.

　삶은 살아가야만 무언가를 남기는데, 독서는 살아가는 종류
의 일이 아닙니다. 그렇다면 왜 독서를 하게 되느냐. 그것은 전
적으로 정리를 위한 일이라고 생각합니다. 같은 이야기를 읽고
도 받아들이는 결이 달라지는 것은 읽는 이의 삶이 달랐기 때
문입니다. 작품을 읽는 동안 오롯이 몰두하는 것도 좋은 일이
지만 내가 왜 이 부분에서 화가 났을까, 눈물이 났을까 생각해
보는 건 확실히 재미있는 일이죠. 물론 인간은 불완전한 존재
이기 때문에 자꾸만 묻게 되곤 합니다. '이거 나만 이렇게 느낀
거야?', '이거 나만 이렇게 읽은 거야?' 하고요. 자신이 틀리지
않았다는 것을 확인하고 싶은 마음은 자연스러운 것이지만 이
따금 지루하죠.

　리뷰나 해설을 찾아 읽고 싶은 욕망은 잘못된 것이 아니지만
그 목소리에 기대는 것은 확실히 잘못일 수 있습니다. 실제로
평론가 양반들이 제 소설을 완전히 오독하고도 저보다도 제 소
설을 제대로 읽은 것처럼 말하는 것을 보곤 했지요. 말이 나와
서 말이지만 그들에겐 독자만큼의 권위밖에 없습니다. (그러니

까 그들은 더 겸손할 필요가 있습니다.) 어쨌든 이곳에는 작가와 독자만이 존재한다는 얘깁니다. 우리는 각자의 역할만을 가지고 있지요. 그러니 자신의 목소리에 귀 기울이는 용기가 필요합니다. 작가의 의도 따위야 뭐 어떻습니까. 그것이 당신의 삶을 정리하는 방식인 걸요. 말하자면 독서는 작가의 수수께끼를 풀이하는 것이 아니라는 겁니다. 그런 건 고등학교를 졸업하며 끝낸 것으로 정해둡시다.

2

다소 편집증자 같은 말들을 독자 여러분께 전한 것 같습니다. 제 말대로 한다면 이 '작가의 말'이 어떻게 읽힐지에 대한 것도 중요한 문제가 아닌데, 결국 이렇게 늘어놓고 말았으니까요. 어쩌면 이런 말들은 자기 방어를 위한 것일는지도 모르겠습니다.

저는 강박적으로 제가 이해받지 못하는 사람이라 생각하며 살아왔습니다. 제가 이상심리와 정신병리에 주목하고, 그런 인물들을 자꾸만 그려내는 까닭이기도 하지요. 그래서인지 제 소설의 인물들은 내키는 대로 움직여버리기도 합니다. 튀어 오르는 공처럼 멋대로 포물선을 그리며 날아가버리곤 하죠. 간신히 어르고 달래서 제자리로 돌려놓은 다음에도 그것이 이전의 제자리가 되지 않은 경우가 허다합니다. 그들에 대해 전부 아는 것처럼 쓸 수 없는 것도 비슷한 맥락의 일이죠. 작가가 심리학적 함정에 빠지는 것만큼 꼴사나운 것도 없으니까요.

그런데 이러한 사실이 제게 용기를 준다는 것은 꽤나 아이러니한 일입니다. '어차피 내 마음대로 안 되니까 내 마음대로 쓰자.' 그런 생각을 품게 된 지는 4년이 채 되지 않았습니다. 스물셋에 등단하여 벌써 11년 차 작가가 되었습니다만, 그게 가능해진 것은 2016년 이후의 일이었습니다. '문단 내 성폭력' 좌담회에서도 말했지만 저는 등단 후 한참 동안이나 여성의 목소리를 써내지 못했습니다. 여러 가지 이유가 있었겠으나 스스로 이해받지 못한다고 느끼고, 나조차 나를 이해할 수 없다 보니 여성 인물을 그려낼 자신이 없었던 거였죠. 그때의 저는 여성 인물과 저의 가까운 거리감을 감당하기 어려웠습니다. 나 자신을 너무나도 싫어했고 또 믿지 못했던 까닭이죠. 타인에게 나 자신을 감추듯 소설 속에서도 제 목소릴 감춰야 한다고 생각했습니다. 그래요. 고백하자면 저는 무척이나 눈치를 보고 있었습니다. 그것은 간신히 이룩해온 제 세계를 부정당하지 않으려는 안간힘이었습니다. 그러나 틀림없이 비겁했죠.

2016년 가을, 아프지만 소중한 목소리들이 쏟아져 나왔을 때에야 저는 저를 돌아보게 되었습니다. 목소리에는 우열이 없으며 거친 것에는 거친 대로의 가치가 있다는 깨달음이 찾아온 거였죠. 다소 거창하게 말했습니다만 결국 내 마음대로 써야겠다는 결심이 선 것이었습니다. 이후로 제 삶의 애티튜드는 '어차피 이해받지 못하는데 이해하고 싶은 대로 이해해도 괜찮아'가 되었습니다. 뿌리 깊은 자기혐오는 여전하지만요. 그건 어쩌다 보니 나 자신을 긍정하게 되어버렸다는 식으로 사라지지 않으니까요. 그렇지만 '낯선 여성으로서의 나'를 받아들이게 된 것만은 사실입니다. 저는 이제 다소 거칠더라도 부끄럽지 않게 제가 이해한 세상에 대해 쓸 수 있게 되었습니다. (그다지 희망적인 내용들은 아닐 테지만요.) 그래서 앞으로도 저의 작업은 '뭐 이런 여자가 다 있어?'에서의 '이런 여자'들을 그려내게 될 것 같군요. 어쨌든 자유로움을 느낍니다.

'1990년대 음악에 대한 단편소설'과 '작가의 말'을 부탁받았
는데 정말로 작가의 말만 해버린 것만 같아 죄송스러운 마음이
듭니다. 목소리들에 대해 이야기했으니 이어가보도록 하겠습
니다. 소설 '셋'은 박지윤의 'Steal Away(주인공)'뿐만 아니라
'steal away'의 사전적 의미에 기반하여 쓰였습니다. 그건 '몰
래', '교묘히', '어느새'를 포함해 탈취에 관한 표현들이죠. 1998
년 발매된 박지윤의 정규 2집 〈Blue Angel〉에 수록된 타이틀
곡 'Steal Away(주인공)'은 명백히 목소리의 주인에 관한 곡입
니다. 세 명의 목소리가 나오고 화자가 뒤바뀌며 반전도 가지
고 있는 것을 생각하면 꽤나 소설적인 곡이기도 하죠. 그래서
이 소설은 이렇게 쓰일 수밖에 없었습니다. 탈고 후 소설을 읽
어볼 때에 '이렇게 쓰일 수밖에 없었다'는 생각이 드는 것만큼
즐거운 일도 없죠.

주인공의 자리를 걸고 뺏고 빼앗는 혈투의 장면이 4분 2초
간 이어집니다. 두 여성의 목소리가 중점적인데 주인공이 누구
인지 모호합니다. 언뜻 보면 가해자와 피해자가 명백하지만 음

악을 들으면 가사만 읽었을 때의 평면적인 느낌이 소실됩니다. 박지윤의 담백한 목소리가 상황을 캐리하죠. 'Steal Away(주인공)'은 박지윤의 노래 중 열 손가락 안에 꼽히는 명곡입니다. 틀림없는 비극인데도 아무도 울지 않는 점이 압권이죠. 한 가지 당부드리고 싶은 것은 박지윤의 이 노래를 두 번 이상 들어 달라는 것입니다. 먼저 한 번 듣고, 제 소설을 읽은 뒤에 다시 들어주세요. 그럼 여러분은 세 가지의 상황을 갖게 될 겁니다. 박지윤의 상황, 이수진의 상황, 여러분 자신의 상황까지요. 어떤 것은 틀림없이 아플 테지요. 그러나 정리하게 되실 겁니다.

셋

카페 창가에서

이승은

2014년 단편소설 「소파」로 《문예중앙》 신인상을 받으며 작품 활동을 시작했다. 소설집
으로 『오늘 밤에 어울리는』이 있다.

아주 오래전에 느껴왔던

나를 보는 눈동자

그 어느 곳에 있어봐도

피할 수 없어

내게 무슨 말을 하고픈지

이미 알고 있지만

그댄 그저 나를 바라볼 뿐

말하지 않네

엄정화, '눈동자'

이른 봄날 점심에 셋은 만났다. 지하철역 앞에서 만난 다혜와 선영, 희수는 그날 점심을 먹기로 한 식당으로 이동했다. 희수가 추천한 버섯탕 전문 식당은 지하철역에서 조금 떨어진 대로변 안쪽에 있었다. 그들은 하나 남은 테이블에 자리를 잡고 메뉴를 골랐다. 희수는 식당 출입문을 등진 자리에 앉았고 다혜와 선영은 그 반대편에 앉았다.

찬희한테 동생이 생기는구나.

선영이 물을 따라 희수에게 건네며 활짝 웃었다.

딸이야 아들이야?

다혜도 환한 미소를 지으며 물었다.

이제 3개월인데 벌써 배가 나왔어. 임신 전부터 살이 찌기 시작한 거야.

희수가 눈을 찡긋하며 말했다. 성별은 4주가 더 지나야 알 수 있다고 했다.

희수는 전보다 살이 붙었고 다혜는 핼쑥해졌다. 선영은 작년에 만났을 때와 비슷했다. 셋은 오랜만에 만났다. 지난겨울에 시간을 맞추지 못하다가 희수의 임신 소식을 듣고 날을 잡았다. 겨울 내내 희수는 기획 도서의 편집을 맡아 야근이 많았고 영화 배급사에서 일하는 선영은 작품 여러 편을 동시에 개봉시키느라 바빴다. 예술교육 관련 연구소를 차린 다혜는 강의 요청이 끊이지 않아 쉴 틈이 없었다.

시간 되면 다음 주에 영화 보러 와.

선영이 그룹 채팅으로 영화 소개 페이지를 보냈다. 곧 개봉할 작품의 시사회에 자리를 마련해주겠다고 했다. 이전에도 선영은 시사회에 초대해 영화를 보여주곤 했다. 스마트폰으로 영화 소개 페이지를 들여다보는 사이 음식이 나왔다. 버섯이 듬뿍 들어간 뚝배기 세 그릇에서 진한 육수 냄새가 퍼졌다. 희수는 뜨거운 국물을 한 수저 떠 넣은 후 시원하다는 감탄을 내뱉었다. 다혜는 이제야 속이 풀린다며 뚝배기에 밥을 덜어 넣었다. 작은 식당 안은 손님들로 북적였다. 테이블 하나가 비워지자마자 손님들이 들어와 금방 만석이 되었다.

왜 그래?

다혜와 선영이 눈짓을 주고받는 걸 보고 희수가 물었다.

윤 교수님인 줄 알았어.

뜸을 들인 후에 선영이 말했다.

윤 교수님?

희수가 문가를 살폈지만 서빙하는 직원만 보였다. 다혜와 선영이 잠시 윤 교수로 착각한 손님은 이미 나간 후였다.

그냥 닮은 사람이야. 윤 교수님일 리가 없어. 14년 동안 늙지 않는 사람은 없을 테니까.

다혜가 수저를 내려놓으며 말했다.

14년?

희수가 물었다.

우리 대학 졸업한 지 14년이잖아. 만난 지는 18년 되는 거고.

당연한 걸 왜 묻냐는 투로 다혜가 말했다.

우리 바다에 빠졌던 거 기억나?

다혜의 말에 잠시 멍하니 있던 희수가 키득거렸다.

1학년 MT 말하는 거야?

우리가 교수님도 바다에 빠뜨렸잖아. 그날 밤에 무슨 노래 불렀지?

다혜와 선영도 따라 웃기 시작했다.

윤 교수와 함께 간 신입생 MT 마지막 날 밤, 취기가 한창 올랐을 즈음 누군가 다 함께 바다로 가자고 외쳤다. 윤 교수와 셋을 포함한 동기들은 어깨동무를 한 채 노래를 부르며 바다로 향했다. 노래 제목은 기억나지 않았다. 하지만 여름밤 바다의 시원한 파도 소리와 짠 바다 냄새는 기억날 것도 같았다.

연극영화과 동기인 셋은 마주 보고 웃으며 잠시 추억에 잠겼다. 선영은 학교 편집실에서 새벽을 맞이하던 때를 떠올렸다. 윤 교수 수업에서 쓴 시나리오로 선영은 생애 첫 단편영화를 찍었다.

나 유학 고민할 때 좋은 얘기 많이 해주셨는데.

물을 한 모금 마신 후에 다혜가 말했다. 영화 비평을 공

부하고 싶었던 다혜는 졸업 후에 유학을 가는 대신 어학
연수를 떠났다. 미국에서 8개월을 지내고 귀국한 다음 해
에 문화예술경영 전공으로 대학원에 입학했다. 선영은 상
업 장편영화의 제작 스태프로 참여했다. 한 작품을 마친
후 방황의 시기를 보내다가 영화 배급사에 들어갔다. 영화
제에서 일하던 희수는 영화제 카탈로그 출판 업무를 담당
한 것을 계기로 출판 편집을 시작했다. 졸업 후 이듬해까
지는 다른 동기들과 함께 스승의 날 즈음 학교로 윤 교수
를 찾아갔었다. 그때 이후로는 윤 교수를 만날 기회가 없
었다. 몇 년 후 윤 교수는 학교를 떠나 영화 제작사를 차
렸고 또 몇 년 후에는 광고 제작사를 차렸다.

　윤 교수님, 다시 뵙기 어렵겠지?

　웃음기 사라진 얼굴로 희수가 물었다.

　도무지 믿기지가 않아, 하며 선영은 고개를 저었다.

　한 달 전 윤 교수 관련 기사가 처음 나왔다. 윤 교수가
대표로 있는 광고 제작사의 운영자금 사용에 문제가 있다
는 내용이었다.

　난 지금이라도 찾아뵙고 싶어. 진즉에 찾아뵈었어야 했
어.

다혜가 씁쓸한 미소를 지었다. 식은 뚝배기를 앞에 두고 앉아 있는 그들에게 직원이 다가와 식사가 끝났는지 물었다. 어느새 식당 입구에 순서표를 받고 기다리는 사람들이 있었다. 셋은 냅킨을 뽑아 입을 닦고 외투와 가방을 챙겨 일어났다.

식당에서 나온 후에는 조금 더 걸어 주택가로 들어섰다. 다혜 옆에 희수가, 희수 옆에 선영이 걸었다. 걷다 보니 추워서 셋은 팔짱을 꼈다. 베이지색 짧은 패딩을 입은 다혜는 지퍼를 목까지 올리고 선영은 가방에서 스카프를 꺼내 목에 둘렀다. 희수는 회색 코트의 단추를 잠갔다. 하늘은 맑고 해는 따사로웠지만 바람은 서늘했다. 그늘진 곳엔 냉기가 스며들어 있었다. 그래도 거리에는 사람이 많았다. 갓 구운 식빵을 사려고 줄지어 선 사람들도 있었다. 골목으로 들어서자 이삼 층짜리 빌라와 다세대 주택 사이에 카페나 레스토랑, 액세서리를 파는 가게들이 보였다. 주택가의 흔한 골목이었던 이 근방에 일이 년 전부터 독특한 인테리어로 단장한 가게들이 하나둘 생겨나고 있었다.

다혜야, 승훈 씨는 잘 있어?

희수가 다혜의 남자친구인 승훈의 안부를 물었다. 두 달 전 다혜는 승훈과 같이 살 집을 알아보는 중이라며 동네의 빌라 시세를 물어보는 전화를 걸어왔다. 곧 근처로 집을 보러 올 것 같더니 이후로 연락이 없었다.

너희 합치는 거야?

선영이 의외라는 듯 물었다.

그럴 뻔했지.

보폭을 맞춰 걷던 다혜가 앞장서 걸어 나갔다.

다혜는 20대의 절반과 30대의 거의 전부를 승훈과 함께 보냈다. 다혜도 승훈도 결혼 생각은 없었지만, 함께 사는 것에는 호기심이 있었다. 편리한 점도 있고 재미도 있을 것 같았다. 하지만 오랜 시간 혼자 살아온 두 사람의 살림을 합치는 건 쉬운 일이 아니었다.

잔소리 들으며 한집에 지내는 거 난 못 하겠더라.

다혜가 고개를 가로저으며 말했다.

여기 어때?

성큼성큼 걷던 다혜가 멈춰 섰다. 낮은 담벼락 너머 작은 수영장이 보이는 카페 앞에서 다혜는 희수와 선영을 돌아보며 손짓했다. 2층짜리 주택을 그대로 살린 카페였다.

그들은 삐걱거리는 나무 계단을 올라 2층의 넓고 큰 창이 있는 방에 자리를 잡았다. 창으로 한산한 주택 골목과 맞은편 가게들이 보였다. 오른편으로는 정원이 내려다보였다.

월계수잎을 우린 차와 산뜻한 산도의 커피, 달콤한 연유 라테, 그리고 티라미수 케이크 한 조각이 창가 쪽 테이블 위에 놓였다.

어떻게 된 거야. 계획한 거야?

의자가 에폭시 바닥을 긁는 소리가 잠잠해진 후에 다혜가 희수에게 물었다.

그럴 리가, 하며 희수는 고개를 저었다. 입사한 지 1년이 막 지난 희수에게 두 번째 임신은 상상도 못 한 일이었다. 마지막 책의 편집을 끝낸 뒤 심한 몸살이 찾아온 줄 알았다.

배란기도 아니었는데, 딱 한 번 콘돔을 안 썼는데 이렇게 된 거야.

희수가 양 볼을 봉긋이 부풀렸다가 바람을 빼며 말했다.

현호 오빠, 은근 둘째 기다린 거 아니야? 이러다 셋째도 낳는 거 아니야?

선영과 다혜의 장난스러운 말에 희수는 따라 웃었다.

현호 오빠는 육아와 살림에 협조적이잖아. 요즘에도 나 몰라라 하는 남편들 생각보다 많더라. 내 친구 남편은 주말에도 자기 계발에만 열심이고 전혀 안 도와준대.

안 도와주는 게 아니라 자기 할 일을 안 하는 거지, 하고 다혜가 선영의 말을 수정했다. 선영은 다혜를 한번 쳐다보고는 친구 이야기를 이어서 했다.

남편이 지역 발령을 받았거든. 그래서 셋째 임신 중에 오피스텔에서 독박육아를 하게 된 거야. 배는 불러오고 애 둘이 양쪽에서 울어대는데 베란다에서 뛰어내릴 뻔했대.

나 그거 뭔지 알 것 같아.

선영의 말이 끝나자마자 희수가 말했다.

찬희 5개월이었을 때, 일 시작한 지 얼마 안 되었을 때였어. 며칠 동안 잠을 제대로 못 잤거든. 샤워하고 나서 막 선잠이 들었는데 찬희가 눈을 뜬 거야. 애가 자지러지게 울어대니까 머리가 너무 아팠어.

그날 밤 희수는 오른 손바닥으로 자신의 머리를 한 번

세게 내리쳤다. 한 번 더, 그리고 한 번 더. 몇 번을 때렸는지 정확히 기억나지 않았다. 현호는 다른 방에 있었다. 지금은 달라졌지만, 그때 현호는 아이를 어떻게 다뤄야 할지 몰라 겁을 내는 것 같았다. 그래서 그 시기에 찬희를 돌보는 일은 온전히 희수의 몫이었다.

네가 네 머리를 때렸다는 거야?

다혜와 선영의 눈이 휘둥그레졌다. 희수는 천천히 고개를 끄덕였다.

희수는 아이가 잔병치레 없이 건강한 것에 감사했고 하루가 다르게 자라는 모습에 보람을 느꼈다. 하지만 우울한 시기는 다시 찾아왔다. 최근 3주 동안은 씻지도 않고 지냈다. 깊은 수면 아래로 가라앉은 것처럼 몸이 무겁고 모든 게 다 귀찮았다. 지난주에 병원에 다녀오고 나서야 임신 우울증이었다는 걸 알았다.

찬희 낳기 전에 일 그만두고 애 둘 키우는 친구가 이런 조언을 했었어. 너 일 좋아하잖아, 자기애가 강한 사람은 육아가 더 힘들어.

티라미수 케이크를 한 입 먹고 나서 희수가 말했다.

자신을 사랑하지 않는 사람이 아이를 제대로 사랑할 수

있겠어?

자기애가 바닥일수록 육아에 재능을 보인다는 거야?

다혜와 선영은 소리 내 웃으며 말했다.

웃음소리가 큰 것 같아서 희수는 옆 테이블을 둘러봤다. 옆 테이블 사람들도 스마트폰으로 찍은 사진을 확인하느라 머리를 맞댄 채 시끄럽게 웃고 있었다.

아마 대표님은 출산 휴가 처리 안 해주실 거야.

다혜와 선영의 웃음이 잦아든 후에 희수가 말했다.

대표님이 여자라고 하지 않았어?

다혜가 물었다.

맞아. 하지만 오너의 입장은 다른 거니까. 퇴사했다가 재입사하라고 할 수도 있어. 그렇게 하면 회사 입장에서는 월급 한 달 치 반을 아낄 수 있거든.

별일 아닌 것처럼 말했지만 희수는 속이 상했다.

아이 때문에 일 그만두는 여자들, 예전엔 이해가 안 갔어. 그것보다 미련한 일이 없다고 생각했거든. 그런데 이제는 이런 식인 거구나 싶어.

희수는 코코아 가루가 떨어진 테이블 위를 냅킨으로 문질렀다. 잠시 후에는 냅킨을 손에 쥔 채 시선을 멀리 보냈다. 정원의 초록 나뭇잎에 가려진 작은 수영장이 눈에 들어왔다. 곧 여름이 되면 물로 가득 채워질 테지만 지금은 텅 비어 있었다. 수영장 벽에 촘촘히 박힌, 직사각 모양의 푸른 타일을 바라보던 희수가 선영과 다혜를 향해 고개를 돌렸다.

8년 후? 그때쯤에는 혼자 여행도 다니고 그럴 수 있겠지…….

희수가 작은 목소리로 속삭이듯 말하다가 입을 벌린 채 가만히 있었다.

다혜는 희수 쪽으로 몸을 기울였다. 자신과 선영에게 할 말이 더 있거나 은밀한 신호를 보내오는 것 같았다. 그래서 다혜는, 너 괜찮은 거야? 하고 물으려고 했다. 그 전에 선영이 희수의 손에서 냅킨을 빼내며 축하의 말을 건넸다.

축하해. 희수야, 너라면 잘 해낼 거야.

토닥이듯 희수의 손 위에 자신의 손을 잠시 가져다 대며 선영은 활짝 웃었다. 월계수잎 차를 한 모금 마신 후에 선영은 자세를 고쳐 앉았다. 부드러운 미소를 지으며 남편, 재성에 대해 얘기했다. 얼마 전에 재성이 정관 수술을 받았다고 털어놓았다.

뭐? 너한테 말도 없이?

희수가 놀라 물었다.

아니야. 그런 게 아니야. 함께 결정한 거야.

정말? 무슨 일 있었어?

호들갑스러운 희수의 물음에도 선영은 차분히 고개를 가로저었다.

특별한 계기가 있었던 건 아니고 내가 원하는 게 뭔지 생각해보는 시간을 가졌어. 나 스스로 결정해보자 한 거야. 그러니까 정리가 좀 되었어. 이 문제로 재성 씨랑 안 좋았잖아.

선영은 숨을 한 번 크게 들이마신 후 싱긋 웃어 보였다.

말처럼 쉽고 간단하게 정리가 된 건 아니었다. 선영은 아이를 원했지만 재성은 원하지 않았다. 선영은 재성이 달라지길 바라며 결혼했다. 하지만 재성의 생각은 변함없었고 서너 해가 지나면서 선영은 초조해졌다. 주변에서 임신이나 출산 소식이 들려올 때마다 우리는 왜 저렇게 하지 못할까, 하는 의문에 사로잡혔다. 선영은 잠시 몸을 움츠렸다. 미간에는 주름이 잡혔다. 물론 선영은 후회가 두려웠다. 재성을 원망했었고 아이 없이 사는 건 불완전한 삶이라고 생각한 적도 있었다.

이제는 그렇게 생각하지 않아. 그런 시기는 지난 것 같아.

선영은 어깨를 한 번 으쓱하며 다시 웃어 보였다. 이런 이야기를 웃으며 할 수 있게 된 것이 기뻤다.

그런데 엄마는 서운해하셔. 엄마 말은 내가 사는 게 힘에 부쳐서 그렇다는 거야. 환경은 생각보다 큰 영향을 미친다는 거야.

지난 구정에 선영이 이 결정을 전했을 때 선영의 어머니는 서운한 기색을 숨기지 않았다. 경제적으로 더 여유로웠다면 아이를 포기하지 않았을 거라고, 진즉에 아이를 낳았을 거라고 했다.

그래서 뭐라고 했어?

희수가 물었다.

아니라고 했지. 현실적인 문제와 상관없이 내가 원하는 걸 선택한 거라고.

똑똑해. 역시 선영이는 똑똑해.

선영과 육아 경험을 나누게 되길 기대했던 희수는 아쉬운 표정이었다. 찬희를 낳은 후 선영에게 곧 네 차례일걸, 하며 농담을 하기도 했었다.

똑똑한 거야? 이기적인 거 아니고?

선영이 희수와 다혜를 보며 물었다.

그게 왜 이기적이야? 애 낳고 나 몰라라 하는 사람들이 이기적인 거지.

다혜가 대답했다. 선영은 만족스러운 듯 고개를 끄덕였다.

희수가 자리에서 일어난 후에 선영은 이직을 준비하며 겪는 어려움에 대해 얘기했다. 선영은 올 상반기가 영화 기획 투자사로 이직할 수 있는 마지막 기회라고, 올해가 지나면 기회는 다시 오지 않을 거라고 했다. 그런데 첫 번째 지원한 곳에 거절을 당했다며 헤드헌터를 바꿔야 할지 고민 중이라고 했다.

내 선택에 후회가 없도록 하고 싶어.

숨을 몰아쉬며 선영은 말을 마쳤다. 선영의 가슴은 조금씩 오르락내리락하고 있었다.

선영아, 숨차겠어. 천천히 말해도 돼.

다혜가 테이블 위로 손을 뻗어 선영의 앞머리를 가지런히 내려주었다. 언젠가부터 선영은 누군가에게 쫓기듯 굴었다. 말이 빨라지고 목소리가 커졌다.

내가 그랬어?

선영은 자신에게 실망한 듯 숨을 내쉬며 손바닥으로 얼굴을 한 번 쓸어내렸다. 그때 날카롭고 단호한 여자의 목소리가 들렸다.

내가 왜? 싫다니까. 손대지 마.

다혜와 선영은 창밖을 내다보았다.

창밖으로 보이는 카페 앞 골목에는 남자 한 명이 큰 개를 산책시키는 중이었다. 흰 털이 풍성한 개는 주인의 엉덩이에 닿을 만큼 덩치가 컸지만 순해 보였다. 창밖 풍경은 평화로웠다. 여자의 목소리도 더 이상 들려오지 않았다. 두리번거리던 옆 테이블 사람들도 음료를 마시며 그들이 나누던 대화로 돌아갔다.

외로움을 많이 타는 성격이야? 승훈 씨 말이야. 무슨 잔소리를 그렇게 하는데?

선영이 조용히 다혜를 부르며 물었다.

밥 제때 먹어라, 집에 일찍 들어가라, 뭐 그런 잔소리지.

다혜가 씁쓸하게 웃었다. 다혜는 승훈과 얼마나 크게 싸웠는지 말하기 시작했다. 다혜의 이야기는 희수가 자리로 돌아온 후에도 끝나지 않았다. 커피 줄이고 운동해라, 밤새우지 말아라, 담배 줄여라. 식단과 운동량, 수면과 휴식 시간까지 승훈이 통제하려고 했다고 다혜는 토로했다.

그래서 집을 합치려던 계획을 취소하고 승훈 집에 있던 짐을 챙겨 온 거야. 서로 좀 떨어져 있어 보기로 했어.

다혜는 담담하게 말을 마쳤지만, 선영과 희수는 걱정스러운 눈길을 보냈다.

아무래도 옆에서 걱정이 되겠지. 네가 무리해서 일하는 편이긴 하잖아.

희수가 입가에 힘을 주며 말했다.

맞아. 승훈 씨는 네가 병원에 있는 걸 봤잖아.

선영이 고개를 끄덕이며 말했다.

다혜는 전신 마취를 해야 하는 큰 수술을 몇 번 받았다. 하지만 선영과 희수, 둘 중 누구도 병문안을 간 적은 없었다. 병문안을 갔던 유일한 사람은 승훈이었다. 다혜는 주변에 수술 소식을 알리지 않았고 한참 지난 후에 아무 일도 아닌 것처럼 얘기했다. 그래서 선영과 희수도 다혜의 병력에 대해서 자세히 알지 못했다. 정기 검진을 잘 받고 있는지만 가끔 물었다. 그러면 다혜는 매번 괜찮아, 하며 고개를 끄덕였다.

다혜는 창밖으로 시선을 돌렸다. 창가에서 쏟아지는 햇

살 때문인지 눈을 가늘게 떴다. 다혜는 고등학생 때 처음 수술을 받았다. 집안 내력이 있는 것도 아니었고 명확한 원인이 있는 것도 아니었다. 다섯 번째 종양은 두 달 전, 승훈과 집을 보러 다니던 시기에 발견되었다. 이번에는 수술로 제거할 수 있는 상태가 아니었다. 다혜는 약물 치료를 시작했다. 그때부터 승훈의 심한 잔소리도 함께 시작되었다.

카페 앞 골목을 여유롭게 걷던 남자는 개의 가슴 끈을 울타리에 묶어두고 와플 가게로 들어갔다. 개는 얌전히 앉아 주인을 기다렸다. 한두 사람이 멈춰 서서 희고 커다란 개를 보다가 가던 길을 갔다. 빨간 점퍼를 입은 여자아이가 미끄러지듯 창밖 풍경으로 들어왔다. 아이는 롤러스케이트를 신고 있었다. 초등학교 5학년이나 6학년쯤 되어 보이는 아이는 개 주변을 맴돌았다. 미끄러지듯 움직이는 아이가 신기한지 개도 귀를 쫑긋하며 아이를 쳐다봤다.

저 아이만 할 때 그 영화를 본 것 같아. 손바닥에 눈동자가 생기는 영화였는데 그 영화 때문에 악몽을 꿨어.

다혜가 빨간 점퍼 아이를 보며 말했다.

꿈속에서 내 손바닥에도 눈동자가 생겼어. 간질간질해

서 봤더니 손바닥 한가운데 커다란 눈동자가 날 보고 있
는 거야. 긴 속눈썹 달린 꺼풀이 활짝 열리면서 불투명한
구슬 같은 눈동자가 날 노려보는 거 같았어. 난 유리 조각
으로 손바닥을 찌르려고 했어. 영화에서 주인공이 그렇게
하거든. 그런데 아무리 힘을 줘도 몸이 움직이지 않더라.
손가락 하나도 꼼짝할 수가 없었어.

테이블 아래에서 다혜는 주먹을 꽉 쥔 채 말했다. 그날
새벽 다혜의 잠자리는 식은땀으로 축축해졌다.

가위에 눌린 거야.

선영이 말했다.

어렸을 때는 가위에 눌린다는 말이 무슨 말인가 궁금했
어. 왜 가위를 몸 위에 올려두고 잠을 잘까, 얼마나 큰 가
위길래 움직이지 못할까, 이해가 안 갔어. 지금은 그게 뭔
지 너무 잘 알아.

희수가 말했다.

너무 피로해서 그래.

스트레스가 많아서 악몽을 꾸는 거야. 다혜야, 그러니
까……

선영과 희수가 다시 걱정스러운 눈길로 다혜를 바라보

왔다.

일을 줄이고 제때 자고 제때 먹으라는 거지?

다혜가 말을 받아치며 피식 웃었다.

지난겨울 내내 다혜는 열차를 타고 지역 곳곳을 다녔다. 열차 안 좁은 좌석 한 칸이 다혜의 침실이자 식당이었다. 시속 300킬로미터로 달리는 열차 안은 따뜻하고 아늑했다. 시신경 사이에 얽혀 있는 종양 세포의 발육 속도를 늦추는 약이 일상에 큰 지장을 주지는 않았다. 다혜는 그렇게 느꼈다. 그래서 강의 요청이 들어오면 먼 곳이어도, 강의료가 낮아도 거절하지 않았다. 다혜는 연단에 올라 처음 본 사람들을 사로잡았다. 사실은 다혜가 그 사람들에게 사로잡히는 일이었지만 그 시간 동안은 초조함이나 조바심이 사라지는 것 같았다.

저 여자야.

희수가 들뜬 목소리로 말하며 창밖의 여자를 가리켰다. 카페 앞 골목에 빨간 점퍼 아이와 개는 사라지고 여자가 한 명 서 있었다.

살짝 흐트러진 잿빛 머리칼에 화장기 없는 여자는 나이를 가늠하기 어려웠다.

여기가 자기 집이라며 1층에서 소동을 벌였어.

희수는 조금 전 화장실에 다녀왔을 때 있었던 일을 들려주었다.

희수가 1층에 내려갔을 때 여자는 4인용 테이블에 혼자 앉아 있었다. 테이블 위에는 아무것도 없고 맞은편 자리에도 아무도 없었다. 그런데도 여자는 누가 있는 것처럼 웃기도 하고 고개를 끄덕이기도 했다. 카운터에서 여자를 주시하던 직원이 음료를 주문하겠느냐고 묻자 여자는 과도한 친절이나 관심은 사양하겠다는 듯 손사래를 쳤다. 화창한 토요일 오후, 사람이 몰리는 시간이었다. 카페를 찾았다가 빈 테이블이 없어 돌아가는 손님들이 생겼다. 주변 테이블의 사람들은 여자를 흘끔흘끔 쳐다봤다. 희수가 화장실에서 나왔을 때 여자는 조금 달라져 있었다. 영업 방해로 신고하겠다는 직원의 말에 여자는 양손으로 테이블을 붙잡은 채 목소리를 높였다.

자기 집인데 왜 나가라고 하느냐면서 따지는 거야. 그때 옆 테이블 손님이 직원을 부르더니 여자에게 커피를 한 잔 사겠다고 했어. 그러니까 여자가 어떻게 한 줄 알아? 벌떡 일어나서 자기는 커피 안 마신다고 돈으로 달라고 했어.

손짓을 섞어가며 말하던 희수는 잠시 멈추고 창밖에 서 있는 여자를 바라보았다.

여자는 커피 한 잔의 금액만큼 돈을 받고 카페 밖으로 나갔다. 그리고 다른 사람들이 금방 그 테이블을 차지했다. 일행 중 한 명이 여자가 앉았던 의자를 물티슈로 닦고 다른 한 명이 음료를 주문하면서 카페는 이전의 분위기로 돌아갔다.

주택 개조한 카페 다니면서 다 자기 집이라고 하는 거 아니야? 커피값을 버는 거지. 술집 다니며 파인애플 파는 아저씨들 있잖아.

선영이 창밖의 여자를 보며 말했다.

근데 이 집이 정말 저 여자가 살던 집일 수도 있어. 2층 큰 창이 있는 방이 자기 방이라고 했어.

희수는 여자가 카페 밖으로 나가기 전 중얼거리던 말을 들려주었다.

저 여자 말 믿는 거 아니지?

다혜가 피식 웃었다.

이 큰 집에 혼자 살지는 않았을 텐데.

선영이 중얼거리듯 말했다.

그 방에는 카페라면 흔히 걸려 있을 액자나 세련된 조명은 없었다. 대신 낡은 벽지와 페인트 벗겨진 고동색 나무 창틀이 고스란히 남아 있었다. 선영은 방을 천천히 둘러보았다. 벽지의 빛바랜 무늬를 보고 있으니 카페가 아닌, 누군가의 집에 있는 것 같았다. 잠을 자고 빨래를 개고 음식 쓰레기를 버리며 사는 누군가의 집에 온 것 같았다.

식구가 많거나 하숙을 주거나 했겠지.

다혜가 고개를 갸웃했다.

식모였을까?

선영이 물었다.

여자를 가까이서 본 희수의 의견은 달랐다. 식모가 아니라 안주인이었을 거라고, 여자의 손이 무척 고왔다고 했다.

여자에게 무슨 일이 있었던 걸까. 셋은 이른 봄의 서늘한 바람을 느끼며 인생의 불청객처럼 찾아들 법한 사건사고들을 나열해보았다. 여자에 대한 이런저런 추측은 뜻밖의 방향으로 흘렀다. 식당에서 중단되었던 윤 교수의 이야기로 돌아갔다.

그 세입자들 보증금 받을 수 있을까?

다혜가 물었다.

세입자들? 그게 무슨 말이야?

선영은 케이크를 먹으려고 집어 들었던 포크를 내려놓았다.

후속 기사 못 봤어?

머그잔을 손에 든 채 다혜가 물었다.

광고 제작사 운영자금 비리 기사가 실린 후에 오피스텔 보증금 반환 시위 뉴스가 나왔다. 세입자들은 광고 제작사 대표인 윤 교수를 상대로 보증금 반환 소송을 걸었다. 그들은 계약 주체가 광고 제작사로 명시된 계약서를 가지고 있었다.

그 기사는 못 봤어. 그건 몰랐어.

선영이 울 것 같은 얼굴로 말했다.

가족 사업에 엮이신 것 같아.

목이 탄 듯 희수는 남은 음료를 마셨다.

실제로 계약을 체결한 사람은 광고 제작사의 이사였다. 아흔에 가까운 나이에 윤 교수의 아버지이기도 한 그는 재판 중에 사망했다.

이상한 교수들 많았잖아. 교수님 같은 분은 그분밖에 없었어. 우리 학교 다니는 동안 교수님 방에서 보조할 학생 뽑아서 장학금 주셨잖아. 그 장학금이 교수님 사비였다는 걸 난 졸업하고 나서 알았어.

희수는 아랫입술을 깨물었다.

우리가 뭘 해야 하지 않을까? 서명 운동 같은 걸 할 수 있지 않을까?

작은 접시에 놓인 티백의 종이 라벨을 만지작거리던 선영이 다혜와 희수를 바라보며 물었다.

서명 운동?

다혜가 고개를 갸웃했다.

교수님은 잘못이 없는 거잖아. 그런 일을 하실 분이 아니잖아. 교수님 뵙고 싶다며.

선영은 답답한 듯 목소리를 높였다. 양 볼은 붉게 달아올라 있었다.

서명 운동을 하는 게 좋을까? 난 다른 문제라고 생각했어.

다혜는 선영이 정말 그렇게 생각하는지 궁금한 듯 얼굴을 살피며 되물었다.

그래, 아니지. 피해를 입은 사람들이 있는데, 서명 운동을 하는 건 아니겠지.

선영은 낙담한 듯 어깨를 늘어뜨렸다. 미간에는 다시 주름이 생겼다.

창밖에서 바람이 불어오고 해는 천천히 기울어갔다. 이른 봄 오후의 햇살이 조금씩 테이블 위로, 셋의 머리와 어깨 위로 스며들고 있었다. 갑자기 주변이 소란스러워졌다. 옆 테이블 사람들이 자리를 정리하고 있었다. 그들이 나간 후에는 전보다 더 조용해졌다. 이제 방 안에는 셋뿐이었다.

이제 우리도 그만 일어나야겠어. 현호 오빠 출발했대.

스마트폰 메시지를 확인한 희수가 말했다. 찬희를 데리고 시댁에 갔던 현호의 메시지였다.

희수는 자리에서 일어나 창가로 갔다.

아까 그 아이야. 햄버거 가게에 다녀오는 길이었나 봐.

창가에 선 희수가 말했다.

카페 앞 골목에 빨간 점퍼 아이가 돌아와 있었다. 아이는 바닥에 떨어진 햄버거와 감자튀김, 쏟아진 음료와 녹기 시작한 얼음을 보고 있었다. 움푹 팬 아스팔트 바닥도 돌아보았다. 거기에 롤러스케이트 바퀴가 걸려서 넘어진 것 같았다. 서너 발걸음 떨어져 서 있던 여자가 아이에게 다가가 말을 건넸다. 무슨 말을 하는지 들리지 않았지만, 아이가 고개를 끄덕이는 것은 보였다.

개를 보려고 급히 오다가 넘어진 걸 거야.

여자가 무슨 말을 했을까?

선영과 희수는 창밖을 보며 이야기했다.

아이는 빈 음료 컵을 봉투에 담고 포장이 풀리지 않은 햄버거 두 개를 집어 들었다. 뒤돌아선 아이가 상체를 살짝 숙이자 롤러스케이트 바퀴가 부드럽게 밀려나갔다. 빨간 점퍼 아이는 금방 골목 끝으로 사라졌다. 다시 혼자 남은 여자 옆으로 비둘기 한 마리가, 그리고 한 마리가 더 내려앉았다.

초저녁의 햇살이 큰 창으로 밀려들고 있었다. 희수는 자리로 돌아가 음료 잔과 냅킨을 쟁반에 담았고 선영은 케이크가 담겨 있던 접시와 포크를 담았다. 다혜는 그대로 앉아 있었다. 선영이 보낸 영화 소개 페이지를 보고 있었다.

선영아, 이 영화 재미있어?

다혜가 물었다.

보러 올래? 시간 낼 수 있어?

선영은 시사회가 열리는 극장 위치와 시간을 알려주었다.

이 영화 정말 이런 내용이야?

이어지는 다혜의 물음에 선영은 영화의 간단한 줄거리를 설명했다. SNS에 인증사진을 올려 굿즈를 받는 이벤트도 알려주었다.

우리가 뭔가를 선택할 수 있다고 생각해? 정말 그렇게 생각해?

다혜가 선영과 희수를 보며 따지듯 물었다.

다혜가 관심 있는 건 영화가 아니었다. 영화 이야기를 하고 싶은 게 아니었다. 다혜는 손에 들고 있던 스마트폰을 테이블 위에 탁, 소리 내며 내려놓았다. 그래서 화가 난 것처럼 보였지만 그 반대였다. 긴장이 풀린 것처럼 기운이 빠졌다.

그게 무슨 말이야? 하며 희수는 음료 잔과 접시를 담아놓은 쟁반을 밀어두고 스마트폰을 집어 들었다. 영화 소개 페이지를 살피던 희수는 금방 뭔지 알겠다는 표정을 지었다.

우리가 선택하지 않는데 일어난 일은 아무것도 없었다.

희수가 영화 줄거리 소개의 가장 윗부분에 실린 문장을 읽었다.

그 말은 홍보 문구야. 포스터나 리플릿에 실리는 말 있잖아.

선영은 테이블 위에 손끝을 댄 채 서 있었다.

틀린 말은 아니지 뭐. 선택한다는 건 포기한다는 거니까. 우리가 할 수 있는 건 뭘 포기할지 선택하는 거니까.

희수는 다시 자리에 털썩 앉았다.

영화는 그런 내용이 아니야. 너희가 생각하는 그런 뻔한 얘기가 아니야.

선영이 다혜와 희수를 향해 다급히 말했다.

그 말은 관객을 사로잡기 위한 말일 뿐이었다. 선영이 보여주고 싶었던 영화는 더 중요한 것을, 더 많은 이야기를 담고 있었다. 하지만 다혜와 희수는 대꾸가 없었다. 다른 생각에 깊이 잠긴 것 같았다. 둘은 고개를 떨군 채 가만히 앉아 있었다. 선영이 거실로 나가 음료가 든 쟁반을 치우고 돌아왔을 때도 다혜와 희수는 같은 자세로 앉아 있었다. 방 안은 고요했다. 숨소리가 크게 들릴 정도였다. 선영은 천천히 숨을 들이마셨다. 그때 무언가 선영의 손등을 스치고 지나갔다. 테이블 위에 올려두었던 스카프가 떨어지고 의자가 바닥을 긁는 소리가 방 안에 울렸다. 선영은 몸을 움츠렸다. 선영이 아무리 소리쳐 불러도 다혜와 희수는 대답이 없고 낡은 액자 속 그림처럼 움직이지 않을 것 같아 겁이 났다. 주인 없는 저택에 혼자 남겨진 기분이 들었다. 그래서 다혜가 피곤한 기색을 애써 지우며 희미한 미소를 지었을 때 선영은 기뻤다.

네가 다 치웠어?

깊은 잠에서 막 깨어난 듯 다혜는 팔을 위로 길게 늘였다.

이제 정말 가야 할 것 같아.

희수는 숨을 크게 들이마시며 자리에서 일어났다.

다혜와 희수는 나갈 채비를 했다. 다혜는 베이지색 짧은 패딩을 입고 의자에 걸어두었던 가방을 집어 들었다. 희수는 스마트폰을 가방에 넣고 회색 코트를 입었다. 선영은 바닥에 떨어진 스카프를 주웠다. 방을 나서기 전 그들은 두고 가는 것이 없는지 주변을 살폈다. 깨끗이 치운 테이블 위에는 아무것도 없었다. 선영은 문턱을 넘기 전에 한 번 더 방을 둘러보았다. 옆 테이블 아래에는 구겨진 냅킨과 포크 하나가 떨어져 있었다. 창밖에는 아무도 없었다.

잿빛 머리칼의 여자도 어느새 사라졌다.

선영아.

거실에서 선영을 부르는 소리가 들렸다.

선영은 그들이 이야기를 나누던 테이블을 바라보고 있었다. 테이블 위로 햇살이 밀물처럼 쏟아지고 있었다. 노란빛으로 가득 차 눈이 부실 정도였다.

한번 더 자신을 부르는 소리에 선영은 거실로 나갔다. 다혜와 희수를 쫓아 삐걱거리는 나무 계단을 내려갔다.

작가 노트

1993년도에 TV 가요 프로그램에서 신인 가수 엄정화의 무대를 봤다. 짧은 커트 머리의 엄정화는 슬픈 듯 차가운 목소리로 노래를 불렀다. 웃음기 없는 표정으로 카메라를 쳐다보면 크고 검은 눈동자가 화면을 가득 채우는 것 같았다. 엄정화의 눈빛과 몽환적이면서도 리드미컬한 비트의 '눈동자'. 이 묘한 분위기가 소설에 담기면 얼마나 멋질까, 상상하며 2019년 겨울과 2020년 봄을 보냈다.

「카페 창가에서」는 열한 번째로 발표하는 단편소설이다. 상상과 현실이 다른 것은 당연한 일일 테니까, 이 소설이 '눈동자'만큼 멋지지 않더라도 기쁘게 맞이하고 싶다. 소설집을 기획하고 자리를 마련해준 조우리 작가에게 고마움을 전하고 싶고 가족과 친구들에게도 내 마음을 전하고 싶다.

누군가를 만날 기회가 줄어든 요즘이라 사람들과 무언가를 나눌 수 있다는 것이 얼마나 소중한 일인지 한 번 더 생각하게 된다.

매번 소설을 쓰는 동안에는 미로 속에서 헤매는 기분이고 원고를 첨부한 이메일을 편집자에게 보낸 후에는 큰 실수를 저지른 심정이다. 가끔 이렇게 해나가면 될 것 같다는 생각이 들 때도 있다. 그 순간은 쓸 때가 아니라 썼던 것을 지울 때다. 어쩌면 그때부터 소설을 쓰기 시작하는 것 같다.

소설에 나오는 영화 홍보 문구는 앨리스 먼로의 단편소설 「코테스섬」에서 가져왔다.

"우리는 그 모든 것을 우리가 앞으로 선택할 수도 있고 선택하지 않을 수도 있는 거라고 생각했다. 우리는 그 모든 것이 노화나 날씨처럼 가차없이 우리를 찾아오는 거라고는 결코 생각하지 않았다. 하지만 지금 솔직하게 생각해보면 꼭 그렇지도 않았다. 우리가 선택하지 않았는데 일어난 일은 아무것도 없었다."*

* 앨리스 먼로, 정연희 옮김, 『착한 여자의 사랑』, 문학동네, 2018.

매일의 메뉴

송지현

2013년 동아일보 신춘문예에 단편소설 「펑크록 스타일 빨대 디자인에 관한 연구」가 당
선되어 작품 활동을 시작했다. 소설집 『이를테면 에필로그의 방식으로』가 있다.

네 이름 너의 웃음
날 기쁘게 하던 한 가지
이제는 나를 잊겠지
난 기억되고 싶어

놀라진 말아줘 고백할 게 있어
이틀 전에 난 이미 세상을 떠났어
쓸쓸한 자정에는 나와 얘기를
나와 얘기를 나와 얘기를 해줘

자우림, '이틀 전에 죽은 그녀와의 채팅은'

오늘 저녁엔 뭘 먹나, 나는 출근을 하면서 생각했다. 아무래도 학원 근처의 가게들이 고만고만해서, 저녁 메뉴도 늘 고만고만하기 마련이었다. 그나저나 출근을 하자마자 먹을 것부터 생각하다니, 좀 그런가, 싶다가도……. 예전엔 어떤 걸 생각하며 살았나. 잘 모르겠다. 어쩌면 요즘보단 좀 더 거창한 걸 생각하며 살았던 것 같기도 하다. 거창한 것들에 대해 관심도 없으면서 이상하게 그런 것만 생각했다. 거창하고 복잡한 것들. 그런 걸 생각하며 살 때도 있었다.

*

유미가 손거울을 들고 눈썹을 그린다.

—왜 서서 그러고 있어.

내가 묻자,

—쌤, 여기가 우리 학원에서 제일 밝아요.

라고 대답한다. 타인이 눈썹을 그리는 모습을 굉장히 오랜만에 본다. 하지만 아주 오래전에 비슷한 장면을 어디서 본 것 같다. 왼쪽 무릎을 세우고 눈썹 그리는 데에 골몰하는 앳된 모습의 여자. 여자는 책상 앞에 앉아 있고 책상 위엔 조잡한 탁상 거울이 놓여 있다. 이미지의 출처는 한참을 기다려도 떠오르지 않았다. 그사이 유미가 내게 물었다.

—쌤은 눈썹 문신한 거예요?

새빨간 틴트가 입술 가운데에만 발라져 있어 원래도 작은 유미의 입이 한층 더 작아 보였다.

—눈썹 문신 하긴 했는데……. 옅어졌어.

—와, 그래도 부럽다.

유미는 카운터 위에 팔을 얹고 엉덩이를 쭉 뺀 자세로 한참을 조잘댔다. 요약하자면 눈썹을 그리기 귀찮아서 엄마한테 눈썹 문신을 해달라고 했다가 거절당했다는 내용이었다. 유미의 눈썹은 너무 두껍게 그려졌고 아이라인은 삐뚤거린다. 그런 유미가 귀엽다. 유미는 무언가를 돌려서 묻는 법이 없다. 눈치가 빠른 편인데, 눈치 살피는 것을 들키지 않는다. 유미는 사과도 잘한다. 그것들에서 모두 진심이 느껴지도록.

—유미야. 요즘 뭐가 재밌어?

—재밌는 거 찾으면 많은데! 뭐 알려드릴까요?

유미는 휴대폰 사진첩을 열어 직접 선별해둔 웃긴 사진을 보여준다. 이미 본 것도 있지만 나는 웃는다. 내가 웃자 유미가 자신 있게 말한다.

—봐요. 웃긴 거 많죠!

유미가 출석 체크를 한 뒤 강의실 안으로 들어갔다. 나는 유미의 뒷모습을 보며, 나도 저렇게 산뜻한 기운을 풍긴 때가 있었나 생각해본다. 유미 나이 때 나는 좀 우울한 애였다. 그것도 누군가가 나의 우울을 알아주길 바라는, 조용하지만 관심을 요구하는 아이. 내면에 자신의 것이 하나도 없는 아이. 그때를 생각하자니 괜히 징그럽다.

휴대폰이 울려서 보니, 모르는 번호로 부고 문자가 와

있다. 본인 상 옆에 적힌 이름은 흔하다. 나의 몇 없는 친구들 중에 그런 이름을 가진 사람은 없고, 모두 건강한 하루를 보내고 있는 것을 단체 채팅방에서 확인했다. 때문에 그것이 잘못 송신된 문자라고 생각한다. 게다가 나는 항상 내가 친구들보다 먼저 죽게 될 것이라는 은밀한 믿음을 가지고 있기 때문에, 친구 중 누군가가 나보다 누군가 먼저 죽어버린다면 당황스러울 것 같다. 어쩌면 친구들도 가장 먼저 죽는 건 나일 거라는, 그런 생각을 하지 않을까. L이 오면 부고 문자에 대해 물어보기로 한다.

모르는 번호로 온 문자 따위 치워버리고, 나는 눈썹을 그리는 여자를 떠올리는 데 골몰한다. 왼쪽 무릎을 세우고 앉아 있던 그게 누구였더라……. 희미한 기억들. 요즘은 기억력이 좋지 않다. 감정들도 따라서 희박해지는 것 같다.

학생들이 하나둘 도착한다. 아이들은 내가 내미는 출석표에 체크를 하고 강의실로 들어간다. 강사들도 온다. 나는 카운터에 출석부를 그대로 두고 탕비실에 간다. 인스턴트커피가 몇 봉지 안 남았다.

5월부터 L이 차린 미술학원에서 일을 시작했다. 오후 2시부터 10시까지 8시간을 근무하는데 그중 30분은 저녁 식사 시간이다. L이 시급도 높게 쳐주고 저녁식사 시간도 근무시간에 포함시켜 준다기에 시작한 일이었다. 카운터에 앉아서 전화를 받거나 학생과 강사들의 출석을 기록하는 게 주 업무로, 현재까진 만족스럽다. L을 비롯한 학원의 모든 사람들이 나를 실장님이라고 부른다. 드라마 속에서나 들어본 호칭이라 누군가 나를 부를 때마다 부끄러워진다. 나는 친해진 학생 몇에겐 그냥 선생님으로 불러달라고 했다.

L이 미술학원을 차린 것은 1년 전으로, 친구 몇몇과 개원식에 왔을 때만 해도 내가 여기서 일을 하게 될 줄은 몰랐다. L은 아이패드로 돼지머리 사진을 띄워놓고 우리더러 그 앞에서 절을 하라고 시켰다. 엉거주춤 바닥에 무릎을 대고 절을 하자 우리에게 포장한 쿠키와 떡을 주었다.

학원 복도엔 L의 그림이 몇 개 걸려 있었다. 미술학원이다 보니 아무래도 소묘 위주의 그림이 많았고, 내 시선을

끈 것은 한지에 먹으로 선이 그어진 작은 종이들이었다. 그것들은 각기 다른 굵기의 선으로 이루어져 있었는데 나무처럼 보이기도, 거미줄처럼 보이기도 했다. 나는 그 흑백의 그림 앞에 오래도록 서 있었다.

L은 학원 꼭대기 층에 있는 뷔페로 우리를 데려갔다. L이 많이 먹으라고 했지만, 다들 요즘 소화력이 떨어져서 많이 먹기 힘들다며, 대신 오래 앉아 수다를 떨었다. 언제부턴가 뷔페 단골 과일이 된 리치 몇 개를 접시에 올려두고 커피를 마셨다. 친구들은 모두 회사원이었고, 일종의 자영업에 뛰어든 L의 용기를 칭찬했다. 괜히 내가 다 뿌듯해, 나는 L의 손을 한번 꼭 잡았다 놓았다.

*

그날 이후로 L의 학원에 온 적은 없었다. L과도 가끔만 연락을 했고. 그러니까 이곳에 오는 것은 또 아주 나중의 일일 줄 알았는데, 매일 출근을 하게 되었으니 이상한 일이다. L의 학원에 다시 온 것은 학원에서 일을 하기로 결정한 뒤였다. L은 내게 또 밥을 사줬고, 밥을 먹으면서 학원에서 내가 해야 할 일에 대해 말해주었다. L의 말을 듣고 있자니 학원에 꼭 내가 필요한 것 같지는 않았다. 실제로 1년 동안 실장 같은 거 없이도 학원은 잘 돌아가지 않았나……. 그런 생각을 잠시 했지만 입 밖으로 내진 않았다. 나는 대신 이렇게 물었다.

　—학원에 걸린 수묵화 말이야…….

　—응.

　—뭘 그린 거야?

　—응? 그거 그냥 파스타 굴린 건데.

　나는 깔깔 웃었고, L은 머리를 긁었다.

*

　L과 나는 고교 시절 3년 동안 같은 미술학원에서 입시를 했다. 학원의 분위기는 좋은 편이었고, 같은 학교 학생이 많아서 대부분 친하게 지냈지만, 저녁시간에 먹는 메뉴로 단짝 친구가 정해지는 느낌이 있었다. 편의점파, 도시

락파, 식당파, 한솥파로 나뉘었는데, 우리는 한솥파로, 3년 동안 매일같이 한솥도시락을 사 먹으러 갔다. 그렇게 3년을 지내고, L은 지망했던 미대에 들어갔지만, 나는 재수를 하게 되었다. 나는 3월 한 달 동안 혼자 한솥도시락을 사 먹다가 미술학원을 그만두었다. 동네 도서관에 가서 삼각 김밥을 먹으며 수능 공부를 시작한 것은 한참 나중의 일이었다. 그전까지 나는 좀체 집 밖으로 나오지 않고 지냈다.

그때로부터 10년이 넘게 지났는데 우리는 요즘도 저녁시간에 자주 한솥에 간다. L은 주로 동백도시락이나 돈치고기고기를 먹고, 나는 치킨마요나 돈까스도련님을 먹는다.

—너 눈썹 문신한 거야?

L이 강의실에서 나오기에 물었다.

—아니.

—그럼 그려?

—안 그려. 숱이 많아서 그냥 깎아.

L이 앞머리를 올려 이마를 드러냈다. 새삼 L은 머리숱도 많구나, 하고 생각했다. L이 앞머리를 손으로 슥슥 정리하더니 저녁을 먹으러 가자고 했다.

*

학원에서 일하기로 한 뒤 집에서 나와 방을 얻었다. 열 가구가 사는 다세대 주택 2층에 있는 집으로 옆 건물 때문에 빛이 잘 들지 않는 것 빼곤 살 만하다. 이 집에서 특히 마음에 드는 것은 현관문이다. 초록색과 금색으로 화려한 조각이 되어 있어 집에 들어갈 때마다 웅장한 기분이 든다. 현관에 들어서면 오른쪽엔 싱크대와 화장실이, 가운데엔 큰 창문이, 왼쪽엔 작은방 문이 있다. 작지만 방과 부엌이 분리되어 있다는 것도 이 집의 장점이다. 작은방엔 싱글침대와 행거를 두었다.

이사하고 얼마 되지 않아 L과 친구 몇을 초대했다. 모이고 나니 L의 학원 개원식에 참석한 멤버들이었다. 상이 작은 탓에 비좁게 앉아서 편의점에서 산 와인과 배달 음식을 먹었다. L이 아이패드를 꺼내면서,

—돼지머리 띄워줄까?

해서 우리는 웃었다.

술을 마시며 우리는 옛날 얘기를 많이 했다. 친구들은 별 사소한 일들을 다 기억하고 있었다. 특히나 L의 경우,

나보다 더 나에 대해 더 잘 기억했다. 나는 L이 말하는 나의 이야기를 남의 추억처럼 듣는다. 내가 정말 그랬어? 라고 되물으며. 옛날 기억들은 안개에 덮인 것처럼 희미했고, 기억을 못 하는 것이 다행인 일들이 참 많았다. 그것들을 모조리 기억하고 있다면 나는 부끄러움을 이기지 못하고 불면으로 죽었을 거다.

L이 자주 말하는 시기의 나는, 나를 연출하려고 안달이었다. L이 그것을 알고 있는지는 모르겠다. L은 내가 영화도 많이 보고 책도 많이 읽었다고 했지만 실제로 나는 어디서 상 받았다는 영화를 틀어놓고 절판된 시집을 그냥 펼쳐만 놓았을 뿐이다. 하나도 이해가 안 되고 졸릴 뿐이었지만, 일부러 그런 걸 펼쳐놓고 앉아 있었다. 내가 그러고 있었다는 얘기를 일부러 하지는 않는다. 그냥 친구들이 나를 그렇게 생각하도록 놔두는 것도 좋은 것 같다. 그게 10대의 내가 바랐던 것이니까.

요즘은 책도 잘 안 보고 영화도 잘 안 본다. 제일 많이 보는 건 유튜브다. 나는 밤마다 시력을 잃을 것 같다는 두려움에 휩싸인 채 모로 누워 유튜브를 계속 본다. 90년대 가수들 공연 영상이 한때 계속 올라와서 그걸 꽤 오래 봤

었다. 요즘엔 남이 요리해 먹는 걸 그렇게 많이 본다. 다들
잘 해 먹고 사는 것 같다. 나도 몇 번 직접 요리하는 것에
도전해보았으나, 맛은 둘째 치고 남은 식재료를 처리하는
데 어려움을 겪고는 그만두었다.

*

　L과 나는 열아홉 살 때 약간 절교 비슷한 걸 했다. 사실
내가 일방적으로 L의 연락을 받지 않은 것이다. L이 미운
것은 아니었는데……. L이 나를 너무 잘 안다는 생각이 들
기도 했고, 또 나를 너무 모른다는 생각을 동시에 하기도
했다. 내가 연출하고 있는 나를, L이 모조리 파악해버린 것
같아서 무섭기도 했다. 그 때문에 그 시절 나는 나와 연결
고리가 없는 사람들과 친해지는 데에 몰두했다. 여러 인터
넷 카페들을 전전하다 키워드가 다자이 오사무와 인간실
격인 카페에 정착했다. 한동안 그곳 사람들과 친하게 지냈
고, 정모도 한 번 나갔다. 특별히 친하게 지내던 사람도 있
었다. 나보다 두 살 많은 언니였다. L의 대신……이라기엔

뭐하지만, L과 잠시 멀어져 있는 동안, 나는 그 언니에게 많이 의지했다. L에게 먼저 연락하라고 조언한 것도 언니였다. 언니의 이름은 기억이 나지 않는다. 언니의 아이디는 무슨 철학자 이름이었는데, 하필 누가 그 아이디를 선점하는 바람에 언니는 뒤에 숫자 01을 붙여야 했다. 니체01, 들뢰즈01, 라깡01…… 뭔지는 모르겠지만 대충 이런 식이었고, 카페 사람들은 언니를 영일이라고 불렀다.

학원에서 아이들을 자주 봐선지, 요즘 들어 자주 10대 시절 기억들이 떠오르곤 한다. L과 어떻게 연락을 끊을 생각을 했을까. 지금으로선 상상도 되지 않는다. 오래된 기억들은 파편적이고, 기억의 출처는 한참 뒤에야 떠오르고, 과거의 나는 불가해하다.

*

—쌤, 이태원 가봤어요?

—그럼.

—전 홍대는 많이 가봤는데 이태원은 한 번도 안 가봤

어요.

　―요즘은 을지로가 좋대.

　―힙지로! 쌤, 자주 가요?

　―아니. 한 번도 안 가봤어.

　조금 일찍 출근하는데 유미와 마주쳤다. 유미가 한 블록 건너에서 나를 발견하고는 선생님, 선―생―님, 쌤, 등 다양한 어조로 불러대는 통에 길에 있던 사람들이 한 번씩 유미를 돌아봤다. 커피를 좀 먹고 싶어서 카페에 들어가서 유미에게도 하나 고르라고 했다. 유미는 블루레몬에이드를, 나는 아이스 아메리카노를 각각 주문해 들고 나왔다. 유미는 걷는 내내 내게 질문을 던졌고, 그다지 깊게 생각할 만한 질문은 없었다. 출근길에 마주친 게 유미라서 다행이었다.

　엘리베이터를 기다리다 L을 만났다. L은 은행에 좀 다녀오는 길이라고 했다. 나는 L에게 뭐 마시고 싶은 게 있느냐고 물었고, L은 아이스 아메리카노를 먹고 싶다고 했다. 나는 내가 들고 있던 걸 L에게 주었다.

　―아직 한 모금도 안 마신 거야.

　L과 유미가 학원으로 먼저 올라가고, 나는 다시 카페로

걸어갔다.

카페의 벽은 환하고, 벽 아래에는 여러 나라에서 구해 온 타일들이 붙어 있다. 나는 세 번째 줄에 있는 푸른색 타일을 눈여겨본다. 그걸 오래 바라보다 언젠가 이슬람 사원에 가본 적이 있다는 게 떠오른다. 흰 계단에 앉아서 샌드위치를 먹고, 벽에 붙은 푸른 타일도 구경했다. 겨울이었고, 해가 좋아서 쌓인 눈이 녹던 날이었다.

나는 커피를 들고 학원으로 돌아온다. 나는 강의실에 앉아 있는 유미에게 비밀스럽게 말한다.

―이태원에 가면 이슬람 사원이 있어.

유미는 그 사실을 처음 알았다는 듯이 입 쪽으로 두 손을 모은다. 블루레몬에이드의 얼음이 녹는 소리가 빈 강의실에 울린다.

―나도 한 번밖에 안 가봤어.

―어디로 가면 있어요?

―기억 안 나. 엄청 옛날이거든. 지도 검색하면 나오지 않을까?

학생들이 엘리베이터에서 내리는 소리가 들렸고 나는 카운터로 갔다. 학생들은 옆 보습학원으로 들어갔다. 보습

학원에도 실장님이 있나. 나는 괜히 기웃거리다가 자리로
돌아왔다. 딱히 할 게 없어서 집에서 보던 유튜브 영상을
마저 보았다. 만 원으로 일주일 치 반찬 만들기. 그런 걸
보면서 이따 저녁에 뭘 사 먹을지를 고민했다.

*

　친구 하나가 학원에 들른다고 해서 저녁 메뉴에 대한
고민이 무색하게도 L과 친구, 나까지 셋이 저녁 식사를 하
게 되었다. 개원식에 갔던 뷔페 대신, 우리는 2층에 있는
칼국수집으로 결정했다. 뷔페가 점점 정신이 없게 느껴지
고, 먹는 양도 줄어서 돈이 아깝지 않냐고, 우리는 카톡으
로 이야기했다. 친구에게 내가 칼국수집 위치를, 그러니까
학원 건물 위치를 링크로 보내주었다. 그러다가 아직 지우
지 않은 부고 문자를 다시금 보게 되었다. 나는 한참을 그
이름을 바라보았다.
　엘리베이터를 눌러놓고 L에게 문자메시지를 보여주었
다. L은 고개를 갸웃거리며 전혀 모르는 이름이라고 했다.

나는 변명처럼 L에게 말한다.

　―요즘 기억력이 점점 안 좋아지는 것 같아서…….

L은 자신도 마찬가지라며 이렇게 덧붙인다.

　―다들 자기한테 인상 깊었던 부분만 기억하는 거지.

나는 L에게 묻는다.

　―너 이슬람 사원에 간 적 있어?

L은 천천히 고개를 저으며 대답했다.

　―아니.

그리고 덧붙였다.

　―한국에 이슬람 사원이 있어?

나는 이슬람 사원을 검색해서 L에게 보여주었다. 그러는 사이 엘리베이터가 도착했고, 칼국수집 앞에서는 마침 계단을 올라오던 친구와 만나 누구도 늦지 않게 만날 수 있었다.

*

칼국수를 먹고 낮에 갔던 커피숍에 갔다. 친구가 물었다.

―학원 일은 어때?

L이 대답했다.

―할 만해.

―요즘 애들 무섭지 않아?

―그렇지도 않아. 정말 밝고 예쁜 애도 있어.

L은 덧붙인다.

―얼마나 사랑을 받고 자랐으면 그렇게 솔직할 수 있을까 생각해.

나는 유미를 떠올리며 고개를 끄덕인다. 그러면서 동시에 유미 또래의 나를 떠올린다.

＊

L의 연락도 받지 않고 완전히 집에만 틀어박혀서 지내던 때가 있었다. 예의 그 카페의 사람들과 채팅을 하면서. 영일 언니는 주로 새벽에 접속해 있는 사람이었다. 내 방 컴퓨터는 창가 쪽에 놓여 있었는데, 나는 그 창이 밝아져 모니터가 도저히 보이지 않을 때까지 언니와 채팅을 했다.

언니와 나는 음악 파일과 영화 파일, 독서 목록 들을 주고받았다. 내가 언니에게 보내는 것보다 언니가 내게 보내 주는 것이 훨씬 많았다. 나는 언니를 실제로 만나기도 전에 언니를 좋아하게 됐다. 나는 언니의 채팅 말투부터 사소한 이모티콘까지, 모든 걸 따라 했다.

어느 날 언니가 내게 보낸 개인 메시지는 이런 것이었다.

—그거 알아? 나 이틀 전에 죽었어.

너무 재미없어서 등에 소름이 돋았다. 그러더니 언니는 내게 음악 파일을 하나 보냈다. 자우림의 '이틀 전에 죽은 그녀와의 채팅은'이라는 노래였다. 가사를 보고 나서야 언니가 왜 그런 말을 했는지 알 수 있었다. 노래를 듣고 나서야 나는 언니의 농담에 감탄했고, 언니가 모르는 내 친구 몇에게 저 농담을 똑같이 하곤 저 노래를 들려줬다.

언니는 과도하게 우울한 사람이었는데, 나는 그것조차 언니를 닮으려 노력했다. 내가 언니에게서 제일 닮으려고 한 것은 세련된 우울이었다. 그 세련된 우울의 가장 중요한 부분은, 우울의 원인이 생래적이어야 한다는 것이었다. 학습으로는 아무래도 힘든 부분이 있었다.

되돌아보면 내겐 항상 우울의 원인이 있었는데, 혹은 원인처럼 보이는 것이 있었는데, L만 대학에 붙어버렸을 때도 그랬다. L이 조심스레 합격 소식을 전해왔을 때, 나는 수화기 너머로 축하를 전했지만, 사실 너무 낙담했고, 낙담했다는 사실을 이미 들킨 것 같아서 더욱 낙담했다. 얼마나 낙담했냐면 다시는 그림을 그릴 수 없을 정도였다. 지금 같았으면 어땠을까. 지금이어도 나는 낙담할 것이고, 필사적으로 그 사실을 숨길 것이다. 그래도 하던 걸 포기하진 않을 것 같다.

그 이후에도 나는 종종 우울했다. 그런데 언니를 만나고부터는 그 우울이 내 것 같지가 않았다. 나의 우울에는 늘 어느 정도의 원인이 있었고, 나 스스로가 생각하기에, 나는 언니를 따라 하는 것에 너무 몰입해 있는 것 같았다.

*

정모에 나가서 처음 본 영일 언니는 솔직히 실망스러웠다. 뭐랄까, 언니와 밤새 채팅하며 내 멋대로 상상한 언니의 이미지는 예민한 사람의 스테레오 타입이었다. 이를테면 하얗고, 마른 어깨를 가진, 쇼트커트의 여자. 언니는 내 상상과 정반대였다. 덩치가 좀 있는 편이었고, 까무잡잡한 얼굴에, 반곱슬의 머리는 아무렇게나 묶은 상태였다.

매일 밤 인터넷상으로 온갖 마음속 이야기를 털어내던 것이 무색하게, 막상 서로의 실물을 마주하자 굉장히 어색했다. 언니도 마찬가지인지 말이 끊길 때마다 맥주를 마시고 자꾸 줄담배를 피웠다. 술이 조금 들어가고 한참 지나서야 우리는 채팅을 할 때처럼 이야기를 나눌 수 있었다. 이야기를 나누자 언니에게 실망한 것이 미안해졌다. 나는 금세 실제로 만난 언니도 좋아졌다.

추운 날이었다. 나는 담배를 피우지도 않으면서, 언니가 담배 피우러 나갈 때마다 따라 나왔다. 술자리는 좀체 끝나지 않았고, 집에 가는 차는 이미 끊긴 상태였다. 언니가 자기네 집에서 자고 가라고 했다. 서울 지리를 잘 모르는 나는 언니네까지 어떻게 가는지도 모른 채로 그러겠다고 했다.

자리가 파했을 땐 언니도 나도 취한 채였다. 우리는 함께 택시를 잡았다. 거리는 아직도 반짝거렸고, 나는 택시 창밖으로 그걸 바라보았다. 언니가 내 귀에 대고 말했다.

—나 약 있는데, 우리 오늘 같이 죽을래?

결과적으로 우리는 다음 날 잘 일어났다. 너무 취해서 죽을 생각도 못 했던 것이다. 자고 일어나서야 언니의 집에 들어온 것이 가까스로 생각났다. 언니의 집은 건물 밖에 달린 문을 열면 집 안이 훤히 보이는 1층이었다. 집이라기보다는 방에 가까웠다. 입구엔 작은 싱크대가, 낮은 창문 옆엔 데스크톱이 놓여 있었다. 언니도 나와 채팅하다 동이 트면 화면이 잘 보이지 않겠구나, 생각하며 이불을 갰다. 컴퓨터가 창문 옆에 놓여 있다는 공통점만으로도, 나는 행복했다.

언니는 나를 역까지 데려다준다고 했다. 길을 걷다 길거리 샌드위치 가게를 발견하고, 언니는 샌드위치 두 개를 샀다. 하나를 내 손에 쥐여주었다. 나는 그걸 쥐고 언니의 뒤를 따라갔다. 언니가 나를 데려간 곳은 역이 아니라 이슬람 사원이었다.

—한국에 이런 데가 있다. 몰랐지?

—응.

우리는 엉덩이가 시린데도 굳이 계단에 앉아 샌드위치를 먹었다. 추워서 샌드위치가 잘 안 넘어갔다. 언니를 바라보니 언니는 어느새 뚝딱 해치우고 아련한 눈을 한 채였다. 언니는 계단 아래에 쌓인 눈을 바라보며 말했다.

—참 쓸쓸하지.

언니가 말했을 때는 엉덩이에 감각이 사라진 채였다.

*

우리는 한동안 내내 붙어 다녔다. 한 번의 동반자살 시도를 했고, 실패했다. 그 뒤로는 각자 알아서 죽으려 노력했다. 몇 번이나 약에 취해서 서로에게 전화를 했고, 몇 번이나 손목을 그었는데도 죽지 못했다. 그때마다 나는 언니에게 달려갔다. 언니는 내게 오지 않았다. 그러는 사이에 나는 점점 우울하지 않아졌다. 우울하지 않으니, 우울한 게 멋져 보이지 않았다. 매일 같은 말이나 하는 언니가 지겨웠다. 언니도 지겹고 죽으려는 시도도 지겨웠다. 나는 언제부턴가 의도적으로 언니의 전화를 피했다. 특히 새벽에 걸려오는 전화는 더욱.

*

　—칼국수 진짜 맛있었다.

　커피숍을 나서면서 친구가 말했다. L과 나는 친구의 반
응에 만족했다. 우리는 1층까지 가서 친구를 배웅했다. 친
구는 L과 내가 함께 일하는 게 보기 좋다고 했다. 특히 내
가 좋아 보인다고 했다.

　—항상 널 걱정했거든. 너는 항상 우울해서…….

　내가 우울한 사람이었나. 나는 언제나 그런 걸 흉내 내
던 사람이었던 것 같은데, 그런 생각을 하며 친구를 보내
고, L과 다시 학원으로 돌아왔다. 학생들은 한 명도 없었
고, 강사들은 퇴근 준비 중이었다. L과 나는 강사들이 모두
퇴근하고 난 뒤 학원에서 맥주를 마시기로 했다. 가끔씩
우리끼리 하는 회식이었다. L이 학원 바닥 청소를 좀 하고
있을 테니 맥주를 사 오라고 내게 카드를 주었다.

　편의점에서 나는 맥주는 대충, 과자는 신중히 골랐다.
L은 봉지 과자를, 나는 낱개 포장된 과자를 좋아한다. 그
렇게 고른 것이 포카칩과 마가렛트였다.

　학원에 올라가니 L이 상담실에 낮은 조도의 조명만을

켜두고 있었다.

　—술집 분위기 나네.

　내가 말했더니 L이 웃으면서 말했다.

　그러고 보니 길에서 '원래는 치킨집을 하려고 했었다'라
는 떡볶이집을 본 적이 있다. 나는 '원래는 술집을 하려고
했었다' 미술학원의 원장인 L을 상상한다. 너무 길어서 부
를 땐 아무래도 좀 줄여야겠지. 원술하미술학원. 래술집미
술학원. 나는 단어의 한 글자씩 따서 조합해본다.

　L은 포카칩과 마가렛트를 마음에 들어했다. 나도 괜히
뿌듯했다. 우리는 이런저런 얘기를 하다가 유미 얘기를 조
금 했다. 정말 밝고 예쁘다고, 다시 태어나면 유미처럼 살
고 싶다고 내가 말했다. L은 고개를 저었다.

　—너는 너만의 우울함과 거기서 오는 독특함이 있었지.

　L이 너무 강경하게 말해서 나는 실토할 수밖에 없었다.

　—그거 다 일부러 꾸며낸 거라네. 특별하고 싶어서.

　—꾸민다고 되는 게 아니네요.

　—진짠데…….

　굳이 더 정정하지는 않았다. 그게 10대의 내가 바랐던
거니까. 10대의 나는 L이 날 그렇게 기억해주길 바라면서

몇 번이나 약을 먹고 L에게 전화를 걸었다. 그때마다 L은 귀찮아하지 않고 집에 달려와 주었다.

　—귀찮았을 텐데 참 고맙네.

나도 모르게 소리 내어 말해버려서 L은,

　—뭐가?

라고 되물었다. 나는 대답 대신 요즘 내가 보고 있는 유튜브 채널을 L에게 보여주었다.

　—요즘은 좀 잘 먹고 잘 살고 싶어.

내가 말하자,

　—그것 참 좋은 말이네.

L이 내 말투를 따라 했다.

*

　L이 복도에 있는 화장실에 간 사이, 나는 부고 문자를 가만히 바라본다. 그 이름이 영일 언니의 본명 같기도 하고 아닌 것 같기도 하다. 확실히 나보다 먼저 죽을 사람은 영일 언니밖에 없는 것 같다. 그것보다 나는 며칠째 나를

괴롭히는 이미지에 대해 생각한다. 왼쪽 무릎을 세우고 눈썹을 그리던 사람을 바라보는 풍경 말이다. 그것이 영일 언니일까? 아니면 나일까? 나에 대한 기억은 언제나 3인칭으로 남게 되니까. 어쨌든 매일 죽는다고 말하는 사람이 정성스럽게 눈썹을 그리고 나가는 모습을 상상하니까 좀 웃긴다.

어디선가 영일 언니가 잘 지내면 좋겠다. 맛있는 걸 만들어 먹는 유튜브도 보고, 이제는 다자이 오사무의 소설 같은 거 비웃으면서. 그때보단 나은 집에 살았으면 좋겠다. 손목에 있는 켈로이드 흉터를 작은 타투로 가려도 좋을 것 같다.

L이 물기가 묻은 손을 털면서 학원으로 들어온다. 나는 L에게 묻는다.

—내일 저녁은 뭘 먹을까?

—벌써 내일 저녁 메뉴 생각이야?

매일의 메뉴를 고르고, 그걸 먹는 삶이 좋아 보인다. 기억력은 점점 안 좋아지니까, 매일의 메뉴 같은 것만 생각하면서 살고 싶다. 요즘은 그렇다.

작가 노트

건강에 관심이 많다. 최근엔 내시경을 포함하여 건강검진을 완료하였다. 내가 망가져도 상관없던 때는 전생처럼 희미하다. 웬만하면 밝고, 산뜻하고, 희망적인 쪽을 택한다.

정말이지 요즘엔 무병장수하고 싶다. 내일은 안과에 가야지.

노래는 이어진다, 어제에서 오늘로

권민경

1. 하나의 연대로서의 노래

서로의 취향이 같다는 것만으로 초면의 사람과 마음의 거리가 좁혀드는 기분을 느꼈던 적이 있을 것이다. 특히 같은 음악을 들으며 살았다는 사실은 한 시대를 공유했다는 특별한 느낌을 갖게 한다. '당신, 거기 있었나요? 사실은 나도 여기 있었어요.' 그런 감정의 교류. 플레이리스트를 나누고 그 속에서 지나간 시간을 발견하는 일은 그렇게 공감을 일으킨다. 마치 과거의 우리가 투명한 몸으로 만나 서로 악수하는 것같이 느껴지는 것이다.

플레이리스트엔 생각보다 많은 정보가 담겨 있다. 한 사람이 어떤 음악을 들으며 자랐는지, 최근에 어떤 노래에 몰두하는지 알 수 있다. 의외의 면을 엿볼 때도 있다. 늘 차분한 사람이 강한 비트의 음악을 듣는다는 것을 알았을 때 그 사람이 더 다채롭게 느껴진다. 플레이리스트는 일종의 DNA처럼, 보이지 않는 우리의 정보를 품는다. 우리는 플레이리스트를 훑으며 그것을 듣는 사람들의 정보 일부를 읽어낸다.

이번에 우리가 공유할 플레이리스트는 특별하다. 한 사람의 것이 아니라 한 연대의 플레이리스트이다. 이들은 각각 90년대 음악 중 한 곡을 골라, 그와 관련된 소설을 썼다. 일곱 곡의 노래와 일곱 편의 소설이 짝을 이루고 있다. 이 책의 필자는 모두 여성이며 8, 90년도에 출생하였다. 성별이나 나이는 글을 읽는 데 불필요한 정보일지 모르지만, 그런 공통점이 이 플레이리스트의 의미를 곱씹게 만든다. 이를 느슨한 형태의 연대로 생각할 수 있지 않을까.

『이 사랑은 처음이라서』의 소설들은, 이 외에도 몇 가지 공통점을 갖고 있다. 일단 소설의 주인공이 모두 여성이라는 점이다. 여성만의 감성, 감정, 경험, 이야기가 가득하다. 보편적이고 공감할 만하지만, 개개인으로선 소중하고 유일한 이야기 말이다.

또 하나의 공통점이라면, 이 소설의 모티브가 된 노래들이 모두 여성 가수 혹은 여성 보컬의 노래들이란 점이다. 여성의 노래를 시작으로 한 여성의 서사가 완성되는 것을 보면서 이 연대가 내가 생각했던 것보다 훨씬 치밀하게 이어져 있다는 예감이 들었다. 이 소설들은 분명 지나간 시대의 이야기고, 또 어느 정도 사소해 보이기도 하지만, 결국 공감의 이야기이다. 2020년 현재까지 이어질 만한 강력한 공감. 세대를 넘어 오랫동안 읽혀온 문학 작품, 불려온 노래들처럼, 이 책의 소설들은, 오랫동안 이야기되길 원하며 독자를 바라보고 있다.

2. 시간을 재구성하는 방법 — 과거

음악은 시간을 재구성해준다. 과거의 추억을 불러일으키고, 현재의 목소리를 투영한다. 또한 그것이 청취될 것이라는 가능성, 즉 미래를 향해 열려있다.

그런데 우리가 읽을 것들은, 과거의 음악들로 촉발된 소설들이다. 지난 것들을 어떻게 현재로 끌어들일 수 있을까. 90년대의 노래들이 그 시대를 거친 사람들로 인해, 혹은 그 시대에 대해 이야기 들은 사람들로 인해 어떻게 2020년의 소설로 바뀌는지 지켜보는 것은 『이 사랑은 처음이라서』를 읽는 포인트이다.

지난 기억은 여러 가지 방식으로 환기된다. 영화를 다시 볼 때, 좋아하던 음악이 문득 귓가를 스쳤을 때, 과거의 텍스트들은 잊고 있던 기억을 재현시킨다.

표제작인 조우리의 「이 사랑은 처음이라서」는 구체적인 상황 묘사를 통해 보편적인 공감을 얻고 있다. 교환 일기를 쓰고, 음성사서함에 녹음된 내용을 궁금해하던 학창 시절이 생생히 그려진다. S.E.S.의 'I'm Your Girl'을 모티프로 한 이 소설에는 가상의 걸그룹 '밀크드림'을 통해 주인공들의 과거 이야기를 전개하는데, 이는 추억담에 그치지 않고 밀크드림의 팬인 민아를 매개로 현재로 이어진다.

같은 말을 하는 사람들과 모여 있다는 건 신기하고, 벅찬 일이었다. 지금이라면, 현정에게 다가가 인사를 할 수 있을 것 같았다. 나야, 주영이야. 기억해? 그렇게 물을 수 있을 것 같았다. 미안해, 약속 못 지켜서. 정말 미안했어. 그런 말도 할 수 있을 것 같았다.

―「이 사랑은 처음이라서」 중에서

위 문장을 통해 연대에 대한 벅찬 기분과, 동시에 놓쳐버린 사람들에 대한 그리움 같은 걸 느꼈다. 우리는 많은 사랑을 놓치며 지금의 나로 자라났다. 그래서, 끝까지 함께하지 못한 그 사랑들이 이후 어떤 모습으로 자라났을지 상상해보는 것은 가슴 뻐근한 일이다.

허희정의 「미래의 미래」 또한 과거의 사실을 현재, 그리고 미래와 교차시킨다. 단순히 과거와 현재를 시간 순서대로 꿰는 것이 아니라, '시공 이동―타임머신'이란 소재를 통해 과거와 현재가 혼재하는 새로운 시공을 표현해낸다. 이 소설의 주인공 정미래와 유사랑은 그 이름부터 짐짓 의미심장하다. 그들의 성을 빼고 읽는 순간, 그들은 인물이면서 '미래'와 '사랑'이라는 하나의 추상으로 기능한다.

사랑이 달리기 시작한다.

사랑이 도망친다.

하지만 미래에게는 할 말이 있고, 들어야 하는 것들이 있고, 그래서 미래는 사랑을 놓칠 수 없고, 미래는 언제나 손이 닿지 않는 곳에 있었고, 원하는 것들은 좀처럼 이루어지지 않지만, 그렇지만 운이 좋다면, 그렇지만 그래도 하나쯤은, 하나라도 손에 넣을 수 있다면, 그렇게 할 수 있을 만큼 운이 좋다면, 그렇게 할 수 있을 만큼 운이 좋기를.

—「미래의 미래」 중에서

위 같은 문장은 이 소설을 하나의 시처럼 읽게 한다. 시공 이동이 가능하다는 환상적 설정, 모티브가 된 BoA의 '먼 훗날 우리'와 함께 소설은 울림을 갖게 된다.

차현지의 「녹색극장」에는 중간 중간 숫자가 나오는데, 그것이 일종의 파티션 역할을 해주고 있다. 주인공의 나이로 예측되는 숫자는 17에서 31, 다시 18에서 27 등으로 이어진다. 이런 시간 구성은 이야기를 입체적으로 만든다. 더불어 이 숫자들은 비선형적인 소설의 시간을 독자가 따라가게 하는 길잡이 역할 역시 하고 있다.

러시아에도 녹색극장이 있대. 만일 그날들로 돌아간다면 나는 이 말을 꼭 하고 말 것이다. 지은 지 100년이 지나도 버젓이 그 자리를 차지하고 있는 극장이 있다고. 헤어짐도 부서진 것도 없이 멀쩡하게 그대로, 무언가가 녹슬지 않고 꿋꿋하게 버티고 있다는 것을, 그때의 내가 알고 있다면 어땠을까. 지금의 내가 그때로 돌아가 우리는 헤어지기로 했고, 모두가 나와 헤어짐을 겪어야 한다는 걸 알고 있었더라면. 영원하지 않는 것들을 상상한다. 그리고 영원한 것을 상상한다.

나는 언제나 배반한다, 장소를.

—「녹색극장」 중에서

작가의 말에서 밝히듯 「녹색극장」은 같은 공간 속 다른 시간에 대한 소설이다. 녹색극장으로 대표되는 공간은 시간이 흐르면서 없어지지만, 어느 시절 애인과 함께 듣던 노래, 이소라의 '처음 느낌 그대로'는 계속 입가에 남는다. 음악은 그렇게 추억을 품고 계속 존재한다.

송지현의 「매일의 메뉴」는 과거를 회상하는 방식으로 진행된다. 과거의 치기 어린 자신을 냉정히 되돌아보면서도 그 시기에 대한 애정을 놓지 않는 이 소설은 이런 모순적인 태도가 오히려 공감을 일으킨다. 누구나 사춘기 시절을 떠올리면 묘한 향수를 느낀다. 그저 철없었다 정도로 치부하기엔 너무 불안하고 또 치열했던 시간. 소설에도 직접 등장하는 자우림의 '이틀 전에 죽은 그녀와의 채팅은'은 열심히 우울했던 그때의 분위기를 잘 나타내는 노래이다.

나는 며칠째 나를 괴롭히는 이미지에 대해 생각한다. 왼쪽 무릎을 세우고 눈썹을 그리던 사람을 바라보는 풍경 말이다. 그것이 영일 언니일까? 아니면 나일까? 나에 대한 기억은 언제나 3인칭으로 남게 되니까. 어쨌든 매일 죽는다고 말하는 사람이 정성스럽게 눈썹을 그리고 나가는 모습을 상상하니까 좀 웃긴다.

나는 어디선가 영일 언니가 잘 지내면 좋겠다. 맛있는 걸 만들어 먹는 유튜브도 보고, 이제는 다자이 오사무의 소설같은 거 비웃으면서.

—「매일의 메뉴」중에서

'나'는 내일은 무엇을 먹을지 고민하는 사람으로 자랐다. 자신의 안온뿐 아니라 어린 시절 함께 자살을 시도하곤 했던 영일 언니의 평온도 빌고 있다. 주인공이 과거를 딛고, 별것 없는 하루라 할지라도 살아갈 수 있는 인물로 성장했다는 것이 소설의 한 구절처럼 '좀 웃기고' 애잔하다.

3. 시간을 재구성하는 방법 — 현재

앞선 4편의 소설들이 회상이나 시간 섞기 등으로 과거와 현재를 재구성했다면, 다음 소설들은 과거보다 현재가 더 중요한 배경으로 등장한다.

조시현의 「에코 체임버」는 어쩌면 흘러간 노래가 가장 많이 들리는 공간일 '노래방'에서 아르바이트하는 주인공이 등장한다. 한스밴드의 노래였으며, 소설 속 가상의 인물 박수지가 불러 유명해진 '오락실'의 "승부의 세계는 오 너무너무 냉정해"라는 가사가 주인공이 현실에서 느끼는 지금의 감정을 대변해 준다는 점이 재미있다.

카페 안에서는 오래전에 유행했던 노래가 다른 가수의 목
소리를 입고 반복되고 있었다. 돌고 돌고 돌고. 다 늘어진 테
이프를 되감고 또 되감는 기분이었다. 멸망이 머지않은 걸까.
멸망의 풍경이 이렇게 한적하고 평화로워도 되는 걸까. 감지
할 수도 없게 느리게 예쁘게.

—「에코 체임버」 중에서

지난 노래가 우연한 기회에 다시 유행하는 것처럼, 인생이
되풀이되는 듯한 느낌을 받는 주인공의 심정은 공감이 간다.
삶은 마음대로 되지 않고, 제자리를 도는 것 같고, 지나간 노래
의 가사는 새삼 심상치 않게 다가온다.

이수진의 「셋」은 알코올 중독자 모임의 봉사자로 활동하는
나흔의 이야기이다. 허희정의 「미래의 미래」에서처럼 이 소설
에도 주인공의 이름이 큰 역할을 한다. 분리된 자아를 표현하
기 위한 중요한 수단이 된다.

반지를 빼내기 위해 손가락을 자르는 장례업자의 마음이

이해되니? 금니를 뽑기 위해 시체의 입을 벌리는 사람들의 마음이. 죽어 있는 주제에 마땅한 것을 가졌다는 듯 뻐기는 자들을 나는 견딜 수 없었어. 넌 네가 너인 게 당연했겠지. 하지만 이제 그만 퇴장해도 돼.

—「셋」 중에서

작가의 말에서 박지윤의 노래 'Steal Away(주인공)'이 "세 명의 목소리가 나오고 화자가 뒤바뀌며 반전도 가지고 있는 것을 생각하면 꽤나 소설적인 곡"이라 밝혔듯, 이 소설은 원곡의 극적인 면을 적극 활용하여 그것을 현재의 이야기로 구성했다. 앞으로 어떤 미래가 펼쳐질지 알 수 없는, 두려움을 내포하며.

이승은은 「카페 창가에서」를 통해 오늘날 여성들의 고민을 이야기한다. 카페에서 대화를 나누는 세 여성의 목소리를 통해 결혼, 출산 등 여성의 현재 삶을 드러낸다.

우리가 뭔가를 선택할 수 있다고 생각해? 정말 그렇게 생각해?
다혜가 선영과 희수를 보며 따지듯 물었다.

(……) 다혜는 손에 들고 있던 스마트폰을 테이블 위에 탁,
소리 내며 내려놓았다. 그래서 화가 난 것처럼 보였지만 그 반
대였다. 긴장이 풀린 것처럼 기운이 빠졌다.

—「카페 창가에서」중에서

햇빛 좋은 날, 아름다운 카페에 앉아 나누는 그녀들의 이야
기는 낭만적이지만은 않다. 앨리스 먼로의 단편 「코테스섬」에
서 차용한 것으로 밝힌 '우리가 선택하지 않았는데 일어난 일
은 아무 것도 없었다'란 구절은 아이러니하게도 여성의 현실을
직접적으로 상기시킨다. 이 소설의 모티브가 된 노래는 엄정화
의 '눈동자'이다. '눈동자'의 가사 어느 한 구절이나 내용을 사
용하는 것이 아니라 '눈동자'란 노래에 대한 이미지를 바탕으
로 창작되었다. 시대에 따라 변화하는 이야기와 달리 여전히
남아 있는 이미지를 찾아내는 작가의 감각이 날카롭다.

4. 답가의 형식으로

낡은 것들을 일부러 고치지 않거나, 나아가 새것을 아예 낡

은 것으로 대체하는 이들을 요새는 쉽게 찾아볼 수 있다. "거친 느낌, 옛날 느낌"(「에코 체임버」)을 선호하는 것을 레트로 열풍이라 부른다. 공장, 설비집, 인쇄소가 가득했던 을지로나 문래에 젊은이들이 찾는 카페들이 들어선다. "힙지로"(「매일의 메뉴」)란 표현이 잘 어울린다. 이 레트로 열풍은 비단 놀이공간에만 국한되지 않는다. 음악에도 문화에도 '레트로가 한창'이다.

하지만 『이 사랑은 처음이라서』가 그 레트로의 열풍에 편승했다고 생각되진 않는다. 무엇보다 여기 참여한 작가들은 자신이 듣고 자랐거나 기억하는 90년대의 노래를 직접 골랐다. 그들에게 이 노래들은 단순한 유행이 아니라, DNA처럼 몸에 새겨진 자신의 것이다.

90년대는 내 인생에서 음악을 가장 많이 들었던 시기이다. 당시 나는 밤 8시부터 새벽 1시까지 라디오를 틀어놓았었다. 자연히 『이 사랑은 처음이라서』를 처음 접했을 때, 일곱 명의 작가들에게 모티브를 준 음악이 무언지 가장 관심이 갔다.

그 노래들은 내가 익히 아는 것들이었고, 나는 자연히 음악을 흥얼거려봤다. 또 소설을 다 읽고 나서 제시된 노래를 음원 사이트에서 들어보았다. 그것은 또 다른 재미였다. 지금껏 겪어

보지 못한 색다르고 재밌는 독서 경험이었다. 카세트테이프나 CD로 들었다면 더 좋겠지만, 아쉽게도 집에 CD플레이어나 오디오가 없어진 지 오래였다.

그러나 유행이 끝나고 시대가 변해도, 매체가 바뀌어도 노래는 거기 있을 것이다. 시간이 흐른 어느 날, 우리가 즐겨 듣던 노래를 훗날의 사람들이 다시 찾아 들을 수도 있다. 우리의 지난 플레이리스트가 누군가의 미래의 리스트가 될 수도 있다. 음악은 그렇게 각자의 이야기를 안고 되풀이된다. 과거 일곱 명의 작가들이 들었던 노래에, 오랜 시간이 흘렀어도 잊지 않고 답가를 보낸 것이 『이 사랑은 처음이라서』가 아닐까. 수업 시간에 몰래 주고받던 다정한 쪽지처럼, 각자 글씨체도 사용하는 펜도 다른 이야기들, 진지한 고민과 열정, 90년대의 이미지가 담긴 일곱 편의 소설들이 이제 독자들의 답가를 기다린다.

권민경
2011년 동아일보 신춘문예로 등단했다. 시집 『베개는 얼마나 많은 꿈을 견뎌냈나요』가 있다.

테마소설 **1990 플레이리스트**

이 사랑은 처음이라서

초판 1쇄 인쇄 2020년 7월 13일
초판 1쇄 발행 2020년 7월 21일

지은이 조우리 조시현 차현지 허희정 이수진 이승은 송지현
펴낸이 김선식

경영총괄 김은영
책임편집 정다움 **디자인** 박수연 **크로스교정** 조세현 **책임마케터** 기명리
콘텐츠개발6팀장 이호빈 **콘텐츠개발6팀** 임경섭, 박수연, 정다움, 한나래
마케팅본부장 이주화
채널마케팅팀 최혜령, 권장규, 이고은, 박태준, 박지수, 기명리
미디어홍보팀 정명찬, 최두영, 허지호, 김은지, 박재연, 배시영
저작권팀 한승빈, 이시은, 김재원
경영관리본부 허대우, 하미선, 박상민, 김형준, 윤이경, 권송이, 김재경, 최완규, 이우철
외부스태프 기획 조우리 프로필 사진 송인혁(다뷰스튜디오)

펴낸곳 다산북스 **출판등록** 2005년 12월 23일 제313-2005-00277호
주소 경기도 파주시 회동길 357, 3층
전화 02-704-1724
팩스 02-703-2219 **이메일** dasanbooks@dasanbooks.com
홈페이지 www.dasanbooks.com **블로그** blog.naver.com/dasan_books
종이 · 출력 · 제본 ㈜민언프린텍

ISBN 979-11-306-3057-1 (03810)

다산북스(DASANBOOKS)는 독자 여러분의 책에 관한 아이디어와 원고 투고를 기쁜 마음으로 기다리고 있습니다.
책 출간을 원하는 아이디어가 있으신 분은 다산북스 홈페이지 '투고원고'란으로 간단한 개요와 취지, 연락처 등을 보내주세요.
머뭇거리지 말고 문을 두드리세요.